KB011334

삐딱한 임하 씨의 삐딱한 일상

임하 콩트 에세이

삐딱한 임하 씨의 삐딱한 일상

임하 콩트에세이

bookin

차례

등장인물

임하 씨 : 본명 임정화. 매사에 삐딱한 아줌마. 50대.

나다운 나 씨 : 임하 씨의 큰딸. 20대.

여전히 질풍노도 씨 : 임하 씨의 둘째딸. 20대.

루비콘 씨 : 임하 씨와 가장 친한 15년 친구. 40대.

산본 인어 씨 : 임하 씨와 30년 된 허물없는 친구. 50대.

위낮은청 씨 : 임하 씨의 조카. 10대.

하루살이 채 씨 : 임하 씨의 동료 수필가. 수필 동아리 '이수라'의 일원. 40대.

2017 이른 봄, 한 달

1장

명성교회 목사 세습과 종교세 반대

옛날 옛적 아라비아에 아주 아주 교활한 왕이 살았답니다. 아침마다 그는 동트기 전에 노예들을 한데 모아놓고는 해더러 뜨라고 자기가 명령하기 전에는 일을 시작하지 못하게 했답니다. 어느 날 백발의 현인이 그를 찾아가서 말했어요.

"태양이 당신 명령을 기다리지 않는다는 사실을 모르시나요?"

"압니다, 알아요, 스승님. 하지만 내 도구가 되지 못한다면 그런 신이 무슨 소용이겠습니까?"

— 니코스 카잔차키스의 『영혼의 자서전』 중에서

삐딱한 임하 씨의 삐딱한 일상 · 1

어머니에 대한 수필

"쳇! 또 자기 엄마 얘기로군."

수필 월간지를 뒤적이던 임하 씨는 매달 빠지지 않고 섞여 있는 어머니에 대한 글을 대하곤 미간을 찌푸린다. 대개 자신들도 나이 들어 돌아가신 어머니를 회상하는 글이다. 그 속에는 어머니에 대한 죄송함과 고마움 등이 그리움과 함께 범벅이 되어 있다. 떠나간 어머니에 대한 그리움은 절절하고, 마땅히 그 어머니는 그리움의 크기만큼이나 헌신적이고 현명하며 아름답기까지 하다. 혹은 지극한 자식사랑으로 모질고 험난한 세상 속에서 언제나 투사의 삶을 살아간다.

물론 세상의 모든 위험으로부터 어린 자식을 보호하고 구해내는 어머니는 위대하다. 아무리 삐딱한 임하 씨라도 그런 어머니 자체를 부정하지는 않는다. 한결같이 자신의 편에 서서 든든한 방패막이 되어주고, 지치고 고단한 몸을 온기로 맞아들여 품어주는 어머니란, 자식에게 있어 그 어떤 성자보다도 우러를 수밖에 없는 존재이다. 임하 씨가 못마땅해 하는 건 그게 아니다.

지금 이 글의 경우만 해도 그렇다. 결혼한 딸의 뒷바라지로 손자를 키우고 집안일까지 거들며 피곤에 찌든 자신의 처지를 돌아보다가 문득 친정엄마가 떠올랐다는 글의 내용 속에는, 아니나 다를까 지고지순하고 헌신적인 어머니상이 새 실타래에서 뽑아내는 실처럼 엉킴 없이 풀려나온다.

"세상에 모든 사람들이 다 이렇게 훌륭하신 어머니 밑에서만 자란 줄 아나. 아무튼 작가란 사람들이 시야도 좁은 데다 마음 씀씀이가 접시물 수준이라니까."

좋은 의도로 아름답게 잘 쓴 글을 괜히 못 잡아먹어 안달이라는 생각이 슬며시 고개를 쳐들자 임하 씨는 지원군을 얻기 위해 지인들에게 메시지를 보낸다. 그 지인들이야 물론 아무나가 아닌 임하 씨의 기준에 따라 엄격히 선발된 사람들이다. 서너 쪽 되는 글을 사진으로 찍어 전송해놓곤 읽어보기를 권한다.

얼마 기다리지 않았는데 후딱 읽어치운 후배 하나가 가장 먼저 반응을 보인다. 후배의 독후감을 읽고 있는데 또 다른 메시지들이 연이어 도착한다. 독후감의 골자는 이렇다.

"뭐 잘 쓴 글인 것 같긴 한데 나는 이런 엄마가 없어 봐서 딱히 공감이 안 가고, 또 엄마라고 해서 꼭 이렇게만 살아야 하는지 반발도 이네. 하여튼 나는 별로야!"

임하 씨는 이러다 자기 얼굴이 자꾸만 옆으로 늘어나지는 않을까 걱정이다. 예상했던 반응들에 절로 입이 쭈욱 찢어지고 있으니 말이다. 옳거니! 이게 바로 쾌재로다.

'그렇지. 자꾸 모성애, 모성애 하면서 세상이 여성들에게 모성을 강요하고 바람직한 어머니상이 존재하기나 한다는 듯 세뇌시키는 게지. 자기 인생에 더 열심 내면서 자식들과도 적당히 거리를 두고 사이좋게 지내는 게 뭐 어떻다고.'

누가 뭐라 하지도 않았는데 임하 씨는 잔뜩 흥분해 있다. 한편으론 다른 엄마들처럼 딸들에게 정성을 들이지 못하고 거의 방임하듯 키운 자기 변명처럼 느껴져 적잖이 찝찝했지만 그 반작용인지 흥분은 이제 스팀 분사 기능까지 갖추는 모양새다. 입술을 빼내밀고 손짓, 팔짓까지 해가며 혼자 허공을 향해 연신 '이 연사, 힘차게 외치'는 중이다. 이렇듯 훌륭하신 어머니들이 쌔고 쌨는데 연일 기사에는 패륜과 부모자식 간의 소송이 줄을 잇지 않나. 혹시 모른다. 부모가 죽고 나서야 다들 효자가 되는 건지도.

하기는, 어머니의 마음을 헤아리지 못하고 저만 아는 불효자들이 이런 글을 쓸 리는 없다. 한참 일인무대를 열연하던 임하 씨는, 관객 하나 없는 거실 한 쪽에 다시 쭈그려 앉는다. 임하 씨가 선별한 지인들은 엄마가 일찍 돌아가시거나 혹은 불우한 어린 시절을 보냈다. 임하 씨도 마찬가지다. 어쩌다 어머니에 대한 이야기가 나오면 모두들 무슨 한이나 맺힌 듯 분통을 터뜨렸고, 그게 아니라면 천하에 둘도 없이 불쌍한 사람이나 된 것마냥 힘겨워하기 일쑤였다.

질서가 유지돼야 하는 공동체 사회 속에서 모성애 이데올로기가 어떻고 하는 것 따위는 사실 지금 임하 씨의 감정을 일으킨 주범이라 보기 어렵다. 실쭉한 표정으로 고개까지 약간 수그러든 임하 씨의 모습이 마치 비에 젖은 볼품없는 새 같다. 아무리 성질을 내고 각종 이론을 갖다 붙인다 해도 속내는 얼마나 어리고 또 어린가. 간단히 말해, 임하 씨는 소외된 것이다. 이런 엄마를 가진 사람이 부러워지고, 또 이런 엄마로 살지 못한 자신이 딸들에게 미안해진다는 게 너무나 마음에 안 들어서, 이런 글을 읽을 때마다 자꾸만 소외되는 것이다.

그러니 효성 가득한 수필가님들아. 제발 당신들의 훌륭한 어머니에 대해 쓸 때는 다른 글보다 훨씬 더 신중하게, 훨씬 더 큰 배려를 품고, 이전보다 더 잘 쓰도록 해주오.

입말을 중얼중얼, 삐딱한 임하 씨가 수필 월간지를 저만치로 던져버리곤 벌러덩 드러눕는다.

(2017. 2. 23)

삐딱한 임하 씨의 삐딱한 일상 · 2

민주주의 사회에서의 길 안내

겨울철 집회 때는 어디 한군데 자리 잡고 오래 앉아 있기가 힘들다. 핫팩을 온몸에 붙이고 단단히 옷을 껴입어도 해가 지고 시간이 지날수록 떨어지는 기온에 체온도 덩달아 떨어지게 마련이니까. 그래서 겨울이면 임하 씨는 집회 시간 내내 어슬렁거리며 광장 안을 쏘다닌다.

추우면 쉬 배고파지면서 오줌은 더 자주 마렵다. 군밤도 사먹고 화장실도 들를 겸 종각역으로 피켓을 들고 걸어가는 길에 태극기를 들고 두리번거리는 할머니들을 몇 마주친다. 종각역 화장실에서 시원하게 볼일을 보고 나온 임하 씨가 다시 광화문으로 가려는데 어떤 할머니가 팔뚝을 붙든다.

"시청이 어디예요? 여기가 시청 맞아요? 나도 지금 거기 가는 중인데."

임하 씨가 들고 있는, 탄핵이라는 두 글자가 큼지막하게 쓰인 빨간 피켓을 가리키며 할머니가 묻는다. 딱 보니 감이 오지만 그래도 확인차 임하 씨가 묻는다.

"광화문이요, 시청이요? 탄핵 반대 시위하러 가시는 거지요?"

"응, 나 금산에서부터 올라왔는데 아까 통화한 아저씨가 시청으로 오랬거든. 여기서 내리면 된댔는데 여기가 시청인지 잘 모르겠어서."

"네, 여긴 종각역이고요. 시청역은 한 정거장 되돌아가셔야 해요. 걸어가려면 머니까 지하철 타고 한 정거장만 더 가세요. 그럼 거기 시위하러 온 분들 많아요."

"아, 그래요? 그럼 더 가야 한다는 거네?"

"그리고요. 제가 들고 있는 이건 탄핵 반대가 아니라 지금 당장 탄핵하라고 쓴 종이예요."

친절하게 길 안내를 하긴 했지만 어쨌든 그 말을 꼭 하고 싶었던 임하 씨가 몇 번씩이나 탄핵 피켓을 두드리면서 얘기한다. 하지만 이미 지하철을 타러 몸을 옮기던 할머니는 고개만 무심히 끄덕거릴 뿐 걷기에 바쁘다.

"고마워요."

등을 보이며 멀어지는 할머니가 임하 씨에게 손을 흔들며 인사한다.

그리고 두어 시간 뒤 광화문 집회 장소에서도 태극기를 둘둘 말아쥐고 길을 묻는 할머니 둘을 더 보게 된다. 생각이 많은 임하 씨의 눈이 더 분주하게 끔뻑인다.

몇 주 전 임하 씨는, 목동에 사는 하늘하늘 씨를 만났다가 우울증이 더 심해진 것을 보곤 안타깝게 느꼈다. 바람 불면 이리저리 나부낄 것 같은 하늘하늘한 체격에, 눈물도 많고, 자기 덩치보다 훨씬 큰 가방(그 가방 안에는 늘 먹을 것이 가득 차 있다. 사람을 좋아해서 만나는 이들에게 저마다 먹을 것을 챙겨주기 위해서다)을 들고 다니는 하늘하늘 씨는 잔뜩 화가 나 있었다. 뉴스만 보면 울화가 치밀고, 점점 더 살기가 팍팍해지는데도 광장에 나오면 태극기를 흔들며 계엄령 선포해서 군대 풀어 빨갱이들 모조리 쓸어버리라는 살벌한 사람들까지 보게 되니 통 잠을 잘 수가 없다는 것이다.

"총이 있다면, 다 쏴버리고 싶어. 다 쏴버리고 싶다니까."

은행에 다닐 때 임하 씨의 선배 중에 아시안게임 메달리스트인 전직 사격선수가 있었다. 일이 서툴러 야단을 맞거나 너무 많고 바쁜 업무에 치이면 그 선배는 입버릇처럼 말하곤 했다.

"아아, 총 쏘고 싶다… 총 쏘고 싶어…."

그 말을, 미운 사람이나 자기를 힘들게 하는 사람들을 쏴죽이고 싶다는 말로 알아듣는 사람은 하나도 없었다. 하지만 바로 옆에서 그 말을 듣게 되는 사람들은 모두 오싹해지는 경험을 하곤 했다.

하늘하늘 씨가 대체 누구를 쏴버리고 싶다는 건지 듣는 사람마다 대강 짐작만 하고 있을 때 대뜸 임하 씨가 말을 받아쳤다.

●

"나랑 다르다고 해서, 우리와 같아지기 위해 애쓰지 않는다고 해서 그들을 없앤다는 발상은 민주주의가 아니에요. 더불어 살아간다는 게 뭔지 아예 모른다는 식으로 그런 생각을 품고 살면 본인만 병드는 거예요. 군대 풀라는 사람들하고 똑같은 소리를 하고 있네. 나 참!"

하지만 하늘하늘 씨는 임하 씨의 말을 듣는 것 같지 않았고, 그 뒤로도 두세 번 더 쏴버리고 싶다는 말만 옹알이처럼 되풀이했다. 벌써 고개가 모로 돌아가고 눈꼬리를 찢은 임하 씨도 처음에는 하늘하늘 씨를 매섭게 노려보았지만 차츰 그 심정이 헤아려져 입을 다물었다.

한쪽에서는 공감과 놀이가 축제의 불꽃이 되어 일렁이고, 한쪽에서는 격정과 걱정이 수많은 깃발이 되어 펄럭인다. 마찰을 막기 위해 서로를 멀찌감치 떨어뜨려놓고 가운데서 통제하는 경찰 병력의 수, 그리고 그들이 차지한 공간만큼이나 양쪽은 아주 멀다. 민주주의가 살아 있어서 저마다의 목소리를 내는 것이라고 보기엔 너무 병든 모양새다. 이들의 사회참여는 그들 집단과 개개인의 이익과도 무관하지 않을 터. 허나 지금 임하 씨는 그 사태를 막을 아무 대안도 힘도 없을 뿐더러 애매하게도 양쪽이 다 어느 정도 이해가 된다. 소외되고 삶의 현장에서 밀려나 과거에 붙들린 사람들이나 임하 씨가 속한 그 반대쪽 사람들이나. 거참, 이러면 회색분자 소리나 들을 텐데, 하면서도 이쪽도 저쪽도 짠하긴 마찬가지다.

"그래도 저건 아니지! 군대를 풀라니! 계엄령이라니! 자기들이 지금 누굴 쓸어버리라고 하는지 알고나 하는 소린가? 다 자기 자식들, 손자들이구만! 흥!"

크게는 소리 내지 못하고 소음처럼 앵앵거리다간 하늘하늘 씨를 다시 떠올린다.

'총이 있어서 다 쏴버리고 나면 결국엔 빈 총 들고 혼자 서 있는 자신만 보게 될지도 몰라요. 언젠가 전직 사격선수 선배도 악 소리 대신 총 쏘고 싶다고 말했지만, 그게 다 힘들다고, 살고 싶다고 내지르는 비명이란 걸 우린 모두 알고 있으니까요. 하지만 경계해야만 해요. 지금은 비명일 뿐이지만 그게 심해지면 진짜 내가 죽거나 네가 죽거나 양단간 끝을 보지 않으면 안 되는 때가 올 수도 있으니까요.'

집에 가는 버스를 타려면 태극기부대가 아직 점거하고 있는 공간을 뚫고 가야만 한다. 올 때도 집회로 인해 회차 지점인 시청까지는 오지도 못하고 중간에 버스에서 내려 태극기부대 속을 뚫고 종종걸음 친 기억이 떠올라, 평소 비굴이 신조인 임하 씨는 차라리 지하철을 타려고 종각역으로 방향을 틀어 걷기 시작한다.

"나는 길을 잘 알아서 얼마나 다행이냐고요. 길 물어볼 일은 없으니."

(2017. 2. 27.)

삐딱한 임하 씨의 삐딱한 일상 · 3

사랑은 없다?

우리는 사랑을 그 대상으로부터 떼어낸다

우리는 사랑 그 자체로 충분하다

마치 우리가 방랑 중에 목적지를 찾지 않고 단지 방랑 자체의 즐거움과 길 위의 생활을 추구하듯이

— 헤르만 헤세의 『헤세의 여행』 중에서

"너, 나 사랑해?"

"몰라서 물어?"

"근데 나한테 왜 이래?"

흔하디흔한 사랑싸움. 임하 씨도 아마 한 이억만 년 전쯤엔 이런 다

툼을 해보지 않았을까. 아무튼 위 상황은, 상대의 사랑이 부족하거나 없다고 의심하는 사람과, 그렇지 않다고 반박하는 사람과의 갈등상황이다. 왜 이런 문제가 발생하는 걸까. 간단히 말해 이쪽과 저쪽의 사랑이 달라서일 것이다.

어느 날 중학교 3학년인, 임하 씨의 조카 위낮은청(위낮은청은 남성의 테너와 베이스 중간 음역을 말하는데, 임하 씨의 조카는 여자이지만 아주 낮은 중저음으로 높낮이가 거의 없는 말투를 쓴다. 그리고 원래 '씨'는 성년이 된 사람의 성이나 이름 뒤에 붙여 쓰지만 성性의 구분이 없고 동료나 아랫사람을 대접하여 부른다는 좋은 의미를 취하여 위낮은청 씨로 부르기로 한다) 씨는 친구들 때문에 기분이 많이 상한 채 귀가했다. 좀체 화와 짜증이 가라앉지 않았던 위낮은청 씨는 집안을 뱅뱅 돌며 엄마의 주의를 끌었다. 처음엔 무슨 일이냐고 대수롭지 않게 물어보기만 하던 엄마도 뱅뱅 돌기가 끝나지 않자 덩치가 산만 한 위낮은청 씨를 자신의 무릎에 앉히고 사연을 청해 들었다.

맞장구를 쳐주며 다 들어주었더니 그제야 위낮은청 씨의 얼굴에서 노기가 스르르 사라졌다. 그리고 잠시 후, 잠잠하게 자기 책상에 앉아 있던 위낮은청 씨가 다시 푸르르 화가 나서는 거실을 뱅뱅 돌기 시작했다. 가라앉던 화의 불씨가 미처 꺼지지 않고 다시 일었던 게다. 같은 얘기를 반복해 듣게 된 위낮은청 씨의 엄마가 이번엔 조금 전과 다른 반응을 보였다. 그 친구들도 사정이 있었겠지, 그런 것쯤은 니가 이해를 해야지, 따위의 말들이 거실 공간을 꽉 채우자 위낮은청 씨가 갑자기

벌떡 일어섰다.

"이래서 예수 믿는 엄마는 힘들다니까! 왜 내 편을 안 들어주고 걔들 편을 드는 거냐고요!"

이때 위낮은청 씨가 소망하는 사랑은 온전한 내 편이다. 반대로 예수 믿는 엄마의 사랑은 자기 자식뿐만 아니라 허물 많은 다른 이들도 똑같이 이해하고 포용하는 것이다. 이처럼 사랑으로 결속된 부모자식 간에도 그 사랑의 성격이나 본질은 말하는 사람에 따라 퍽 다를 수 있다.

흥분하기 좋아하는 임하 씨가 관심 있는 주제를 만나자 앞에 앉은 루비콘 씨(루비콘 씨는 십수 년 전부터 지프 랭글러 루비콘을 갖고 싶어한다. 아직은 형편이 안 돼 구입하지 못하지만 그래서 지프 랭글러는 여전히 루비콘 씨의 꿈이다)를 향해 목청을 높인다.

"예를 들어 빠심이라는 게 있지. 대개는 유명인들에게 퍼부어지지만 간혹 특정 상품에도 거의 충성에 가까운 빠심을 가지잖아. 이들은 광적인 종교집단과 아주 유사해. 종교적 사랑이 그렇지. 대가를 바라지 않는 일방적 사랑. 하지만 사실 드러내놓지 않아서 그렇지, 종교적 사랑도 대가를 바란다구. 자신의 행복을 기도하고, 죽은 뒤의 안락을 보험 들고 말이야. 빠심도 마찬가지라고 봐. 자신들의 우상이 자기들의 말을 자꾸 안 들으면 버리고 떠나거든. 아, 아주 미쳐버린 사람도 물론 있지. 반대로 아이돌 같은 유명인이나 빠 부대를 거느린 상품의 제작사는 어떨까. 그들도 팬들을 향해 하트를 날리고, 사랑한다고 늘 말하거든. 한번 본 적도 없는 사람들을 사랑한다는 것, 그건 대체 어떤 의미가 담겨 있을까? 혹시 '나는 네가 필요해. 네가 내게 물질과 안락을 주니까'라는 이해관계가 깔린 건 아닐까?"

어렵게 헤겔이나 라캉을 들먹이지 않더라도, 연인들의 흔한 사랑싸움만 보더라도, 내가 하는 사랑과 상대가 하는 사랑은 서로 같은 것이 아니다. 각자가 내리는 사랑의 언어적 정의는 언뜻 같아 보일지라도 실상 그들이 원하는 것은 판이할 수도 있다. "우리 오늘밤 사랑하자"와 "둘이 잤어?"라는 질문에서 '사랑하다'와 '자다'는 둘 다 섹스를 의미한다. 깊은 밤까지 통화하는 오래 된 연인들 사이에서 피곤에 지친 한쪽이 말하는 "사랑해"는 "너무 피곤하니까 오늘은 그만 끊고 자자"가 될 수 있고, 다른 한쪽에서 말하는 "사랑해"는 "아무리 피곤하더라도 나를 진정으로 사랑한다면 내 얘길 계속 들어줘야 해"가 될 수 있다.

"그러니까 내 말은, 사랑이라는 게 뭐냐는 말이야. 저마다 서로 다른 사랑을 말하는 것이라면 그것은 언제나 어긋나고 비껴가고 미끄러질 수밖에 없잖아. 그저 사랑한다는 환상을 품고 대상을 환상으로 그럴싸하게 꾸며서 그 환상이 깨지지 않게끔 계속 사랑한다고 고백하고 헌신하는 거지. 따라서 내가 품고 있는 환상 속 대상과 대상의 실재는 전혀 다른 존재일 수도 있는 거라고. 전문용어로 콩깍지란 말이지! 콩처럼 보이지만 콩깍지는 껍데기일 뿐이고 알맹이는 없는 거니까, 결국 사랑이란 다 허상이란 말씀!"

어디서 언제 주워들었는지 모를 내용을 죄다 범벅해놓곤 마치 자기가 역사상 처음으로 착안해내기라도 한 것처럼 임하 씨는 아주 신이 났다. 그때 물끄러미 임하 씨를 쳐다보던 맞은편 루비콘 씨는 입을 연다.

"그래서 니가 하고 싶은 말의 요점이 뭐야?"

예상치 못한 반응에 임하 씨가 벙하다. 그러니까, 그러니까,를 뇌까리면서 답할 말을 찾느라 머릿속이 분주하다. 잠시 잠깐 기가 죽는 듯하던 임하 씨가 다시 앵그리 모드로 변한다.

"야, 그러니까 내 말은, 사랑도 관계라는 거야. 기브 앤 테이크! 그걸 뭐 대단히 헌신적이고 아름다운 양 포장해봤자 결국엔 주고받는 관계의 한 가지라는 거지. 갈등 없는 관계라는 게 그렇잖냐. 필요한 사람에게 필요한 걸 필요한 만큼만 주고, 나도 그 대가로 필요한 걸 필요한 만큼 받아내는 거. 좀 냉정해 보이지만, 원하지도 않는데 필요 이상으로 주고선 너도 똑같이 내놓으라고 윽박지르는 건 폭력이란 거지. 내 말이 틀렸냐?"

"그래서, 내가 너한테 필요 이상의 뭔가를 줘놓곤 지금 뭘 요구하고 있냐? 그래서 지금 나한테 화를 내는 거야?"

임하 씨가 앉은 자리에서 들썩인다.

"아니, 내가 언제 너한테 화를 냈다고 그래? 나 화 안 냈어. 그냥 원래 흥분하면 이렇잖아. 새삼스럽게 왜 이래?"

언성이 더 높아진 임하 씨를 보고 루비콘 씨가 입맛을 다시며 달래듯 말한다.

"그러니까 사랑까지 갈 것도 없고, 관계에서 가장 중요한 건 나뿐만 아니라 상대도 절대조건이란 거지. 내 생각만 하지 말고 앞에 앉은 사람도 살펴야 화낸다는 오해가 없을 것 아니야. 내 말이 틀리냐?"

(2017. 3. 2.)

삐딱한 임하 씨의 삐딱한 일상 · 4

있긴 뭐가 있어?

참고 버티면 마땅히 대가가 주어지리라? 임하 씨는 이 말을 싫어한다. 종교를 가진 사람들이 흔히 그러하듯, 힘든 현실의 삶을 긍정하고 내세를 기대해보자는 식의 이러한 말은 제 주먹만 믿는 임하 씨에겐 자다가 봉창 두드리는 소리나 다름없다. 그런 임하 씨도 자기 자신에게 뭔가를 확인하려는 의지로 한라산에 올랐다.

오르기 전 주에 한라산에는 대설이 내렸고, 엄청난 눈으로 거대한 산은 희디흰 한 가지 색을 덧입었다. 임하 씨가 산에 오르던 날은 바람이 몹시 불었고, 연일 포근해진 기온으로 눈이 녹기 시작할 무렵이었다. 진달래밭 대피소에서 뒤늦게 아이젠을 사 끼우고 백록담까지 오르는 길은 임하 씨에게 있어 말할 수 없이 험난한 여정이었다. 평소 운동이라곤 모르고 살아온 터라 산행은 결코 쉬울 수 없었다. 함께 오르던 벗이, 굳이 오를 필요 없다고, 여기까지 온 것도 대단하다고, 아무리 구슬러도 임하 씨는 요지부동이었다.

다섯 걸음 걷고 멈춰 서서 가쁜 숨을 몰아쉴 때마다 낯선 얼굴들이 줄지어 나타났다가는 사라졌다. 나중에 정상이 바라다보일 지점에서 임하 씨는 건장한 체격의 젊은이 둘이 나누는 이야기를 듣고 낙담했다.

"백록담 찍고 여기까지 딱 세 시간 반 걸렸어. 부담스럽지 않고 좋네."

새벽 6시에 등정을 시작해서 저 높이 백록담이 보이기까지 딱 다섯 시간이 걸렸다. 평균 네 시간 반이면 정상에 오를 수 있다고 했는데 역시 임하 씨에겐 무리였다. 평소 운동으로 체력을 다진 벗은 임하 씨와 보조를 맞추느라 더 고생이었다. 그런 눈치는 있었지만 임하 씨는 포기할 수 없었다.

신춘문예에 단편소설을 응모하기 전에도 임하 씨는 그 행위가 별무소득일 거라 생각해왔다. 하지만 도전을 하지 않을 수도 없었다. 저 좋아 한다지만 그래도 주변에든 자기 자신에게든 그동안 허송세월을 하지는 않았다는 인증이 필요했던 셈이다. 주요 일간지에 내서는 될 실력도 아니었기에 지방 신문 위주로 몇 군데 넣었는데 강원일보에서 당선 소식을 전해 받았다. 그때 임하 씨는 사무실에 혼자 앉아 중얼거렸었다.

"되긴 되는구나…."

그게 결국 제 관 뚜껑을 덮는 의식이 되리라는 걸 임하 씨도 모르지 않았다. 주요 일간지 당선자들도 비빌 언덕을 못 찾는 마당에, 지방 신문사 당선자라니. 한동안 소설을 덮어두었으나 한편 그런 생각이 고개를 쳐들었다. 타인에게 인정을 받고 또 누군가 내 글을 읽어주는 게 참으로 행복한 일일 것이나 그게 아니더라도 글을 쓴다는 것은 얼마나 기분 좋은 일인가. 생각을 정리하고 오류를 바로잡으며 나를 성찰하고 성장하는 것이 모두 다 글쓰기를 통해 이루어졌는데, 뭐가 변했다고 내가 스스로 내 관 뚜껑을 덮어? 어림도 없지.

그래서 다시 썼고, 유명 문예잡지에 투고도 했다. 물론 종이와 등기 수수료만 버린 꼴이었지만 의외로 임하 씨는 덤덤했다. 무언가를 성취한 뒤, 목적을 달성한 그곳에 어떤 의미 있는 것이 존재할 줄 알았던 오래 전의 기대들 따위는 이미 사라지고 없었으니까.

그래도 필요했다. 장편소설에 도전해보고 싶었지만 재능도 의지도 부족했다. 건강도 많이 잃게 된 마당에 여기서 유야무야하고 모두 지난 일로 돌리려는 것인지, 제 자신을 의심하기 시작한 것이다. 해낼 의지가 필요했다. 어떤 결과물을 기대해서가 아니었다. 아직 살아 있고, 앞으로도 한동안은 살아야 했으므로. 살아야 한다면 좋은 기분을 유지하는 게 가장 좋다고 임하 씨는 생각했다. 그 뒷일이야 임하 씨와는 상관없는 일이었다.

그런 강풍은 처음이었다. 앞으로 나아가기 힘들어 난간을 붙잡고 기대섰는데,

'오—, 조금만 체중이 덜 나갔더라면 사회면 일면에 날 수도 있었을 텐데. 한라산 정상에서 날아간 이카로스 아줌마!'

하는 생각이 들 정도의 강풍이었다.

버글거리는 인파를 뚫고 임하 씨는 백록담을 보러 기를 쓰고 올라갔다. 그리고 난간에 기대어 본 그 광경은….

그랬다. 덜 녹은 눈이 한 귀퉁이를 차지하고 있었을 뿐, 백록담엔 아무것도 없었다. 임하 씨는 웃었다. 아주 만족스러운 웃음.

'내 이럴 줄 알았지. 있긴 뭐가 있어? 기를 쓰고 살아봐라. 남는 게 있는가. 산 사람들에게나 의미고 결과물이지, 죽은 사람에겐 아무것도 아니다. 헛되고 헛될 뿐이지!'

(2017. 3. 14.)

삐딱한 임하 씨의 삐딱한 일상 · 5

가족의 정체

누구에게나 가족은 중요도가 높은 결속집단이다. 임하 씨도 예외일 수는 없겠지만 그 강도라든가 결속의 정도는 조금 다를 수 있다. 예를 들어 임하 씨는 지방에 가 있는 딸들로 인해 부재의 고통을 심하게 느끼는 편은 아니다. 하지만 어떤 사람들의 경우, 자신의 외출이 가져올, 나머지 가족들이 느낄 부재의 고통을 염려하느라 안절부절못하기도 한다.

임하 씨는 그런 사람들을 볼 때마다 고개를 갸웃거린다. 특히 주부의 경우가 그런데, 그녀들의 남편이나 자식들은 자신의 삶을 사느라 아내나 엄마를 자주 까먹는다. 그런데도 그들이 사실을 애써 인식하려 들지 않는 게 가장 의아했다. 그런 성향이 강한 친구들도 때로 해외

여행을 나가면 가족과 연락하기가 쉽지 않은 것에 대해 일종의 해방감을 느낀다.

낯선 남자와 여자가 결혼을 하고 자녀를 낳는 것을 특징으로 하여 경제적으로나 심리적으로 협력하는 하나의 사고방식이 곧 가족이라고 한다. 임하 씨가 볼 때 여기서 가장 큰 핵심은 자식이다. 부모를 떠나 자신들만의 가족공동체를 형성하고 난 뒤부터 부모는 부모이고, 형제자매도 제각각 형제자매일 뿐 옛날식 식구 개념의 가족은 이미 아니게 된다. 그래서 최악의 경우, 재산분할을 놓고 치열하게 싸우기도 하는 게고.

가족의 결속이 단단할수록 타인에 대한 애정과 관심이 덜하다는 어느 학자의 말마따나 주변에서 흔히 보게 되는, 단란하고 화목한 가정에 속한 사람들은, 그들만의 지지와 애정으로 외부세계에서 오는 모든 상처와 고통을 벗어버리는 모양이다…,라고 생각하고 싶지만 임하 씨는 쉽게 수긍하지 못한다. 왜 멀티가 안 될까? 여전히 질풍노도 씨가 그러듯, 텔레비전을 보면서 웹툰 연재도 보고 게임도 하며 가족과 심드렁한 대화까지 나누는 것처럼, 왜 가족을 사랑하면서 타인에 대한 애정과 관심을 똑같이 높일 수는 없는 걸까? 하지만 그거야 임하 씨가 정답을 제시할 문제는 아니다. 그냥 언제까지나 '왜 그럴까!' 하면서 고개나 갸웃거릴 밖에.

그런데 정말 가족이란 무엇일까. 가족이 개인에게 베푸는 영향이란 어떤 것일까. 죽음, 이혼, 분가 등을 통해 해체되고 또 재구성되는 가족이라는 방식이 개인에게 미치는 영향은, 단란하고 화목한 가족들이 그렇듯 언제나 선이기만 할까. 임하 씨의 가족에게서도 어느 순간 선이 된다면 그것은 과연 어떤 모습을 띠고 있을까.

임하 씨는 기억 속에서 한 쪽을 꺼내 펼쳤다.

울산에서 직장생활을 하는 임하 씨의 큰딸 나다운 나 씨에게 가족의 의미는 어떤 것이었을까. 아주 가끔 업무에 치이고, 친구들이나 동료들과 문제가 생겼을 때 나다운 나 씨는, 쓸쓸하고 우울한 느낌이 머리끝서부터 발 아래 저만치까지 긴 그림자처럼 무겁게 흘러내리고 끌리는 것을 경험한다. 어딘가 기대고 싶고, 한 걸음 떼기가 힘이 드는 그때, 집에 돌아온 나다운 나 씨의 눈앞에 펼쳐진 광경은….

… 임하 씨는 방이나 거실 한복판에 배 깔고 엎드려 누구와 싸우기라도 하듯 고래고래 책을 읽고, 동생인 여전히 질풍노도 씨도 텔레비전을 마주 보고 앉아 휴대폰으로 웹툰을 보거나 게임하느라 정신이 팔려 있고, 사람 나이로 치면 팔순 할머니인 말티즈 소피만 팔딱팔딱 두세 번 뛰어주곤 이내 체력이 달려 제 침대로 가 눕는다.

언제나 보는 똑같은 광경이다.

저들은 몇 년 전에도 혹은 지난 달, 그리고 오늘에 이르기까지 일상이라는 이름표를 붙인 채 늘 똑같은 광경을 연출한다. 나다운 나 씨가 밖에서 즐거웠건 힘들었건 아니면 아무 일도 없이 무료하고 심심했건 그런 것들과는 상관없이 따뜻하고 밝은 집안에서 언제나 저렇듯 제자리를 지키고 있는 것이다.

나다운 나 씨가 신발을 벗고 집안으로 들어간다. 제대로 눈도 맞추지 않고 힐끔, 왔느냐고 건성으로 눈인사만 건네는 엄마와 동생이 있는 따뜻하고 안락한 집안으로 들어간다. 그리고 금세 나다운 나 씨도 그네들이 먼저 자리 잡고 있던 일상 속의 공간으로 들어온다.

'아—, 참 좋다….'

그리곤 자신의 엄마를, 또 동생을 부른다.

"엄마! 헨지야!"

역시나 그들의 반응은 퉁명 그 자체이다.

"왜! … 왜 불러놓고 말을 안 해! 장난해?"

'이곳이 바로 내 가족의 집이야. 이 사람들이 이렇듯 제자리를 지키고 있는 한, 나는 돌아올 곳이 있는 거야.'

그리곤 험악한 눈빛과 성가셔하는 표정의 임하 씨와 이미 휴대폰 영상 속으로 잠수를 타버린 여전히 질풍노도 씨를 향해 지쳤지만 편안한 웃음을 머금고 대답한다.

"아무것도 아니야. 아무것도…!"

(2017. 3. 15.)

삐딱한 임하 씨의 삐딱한 일상 · 6

길이란

반쯤 취한 임하 씨가 석 달 넘게 읽는『헤세의 여행』을 펴들고 생각에 잠겼다.

'위쪽의 제법 높은 곳에 이르면 작은 오솔길이 서너 개의 더 작은 오솔길로 나누어진다. 그러나 어떤 길도 올바른 길이 아니다. 특별한 행운을 얻지 못하는 한 결국 모든 길이 끝나고 말기 때문이다. 사람들은 자갈과 금작화 덤불, 나무딸기 덩굴로 뒤덮인 골짜기를 헤매고 다니게 된다. 골짜기에선 밝고 뚜렷이 보여 쉽게 도달할 것 같았던 교회가 우듬지 뒤로 잔뜩 몸을 움츠려 발견되지 않는다.'

아주 아주 오래 전, 임하 씨가 초등학생일 때였다. 두 살 아래 동생을 데리고 신길동에서 화곡동 친구네 집으로 놀러간 적이 있었다. 옆

집에 살다가 화곡동으로 이사를 간 친구네 아주머니가 버스 정류장까지 마중을 나오마 미리 약속을 해놓은 터였다. 당시는 내비게이션도 없고, 휴대전화기도 없었으므로 임하 씨의 어머니는 몇 번 버스를 타고 어떤 건물이 있는 곳까지 가야 한다고 몇 번이나 임하 씨에게 타일렀다. 물론 임하 씨는 그리 아둔한 인간이 아니었으므로 잘 갈 수 있을 것으로 생각했다. 그러나 무슨 이유인지 지금은 기억하지 못하지만 제 때에 하차하기 어려웠고 그래서 친구네를 방문하는 건 불가능하게 되어버렸다.

공중전화로 어머니와 통화를 한 임하 씨는, 동생을 데리고 다시 집에 가는 버스에 올랐다. 벌써 오후로 접어들긴 했지만 얼른 집에만 간다면 주린 배를 불릴 수 있을 테고, 동생도 크게 징징거리지 않았으므로 크게 염려하지 않았다. 그렇게 집으로 돌아가는 버스 안에 있었는데, 어느 순간 자기 눈에 엄청나게 낯익은 국회의사당 뚜껑, 둥근 원형 뚜껑 위에 부러진 피뢰침을 꽂은 듯한 그 건물이 보였다.

여기는 내 구역이 아닌가. 일주일에 서너 번씩 저 둥근 뚜껑이 보이는 한강 다리 밑에서 잡초 사이를 누비며 놀던 임하 씨에게 그 뚜껑은 이미 집에 다 온 것이나 다름없었다. 동생이나 본인이나 버스 멀미가 심했던 터라 임하 씨는 충동적으로 동생의 손을 잡고 버스에서 내렸다. 좀 걸으면 되겠지, 곧 익숙한 길이 나올 거야.

지금 되짚어보면, 아마 그곳은 동부이촌동 어디쯤 되는 것 같다. 장미맨션을 지나치며 한참을 걸었지만 둥근 국회의사당 뚜껑은 어느새 보이지 않게 되었다. 춥고 배고파 징징 우는 동생을 데리고 초등학생 임하 씨는 계속 걸었다. 길은 어디로든 통해 있을 것이고, 계속 걷다보면 어디쯤에서든 둥근 국회의사당 지붕을 보게 되지 않을까 생각했던 것이다.

이른 아침에 떠났던 임하 씨와 동생은 결국 해가 다 저문 저녁이 되어서야 집에 도착했다. 그렇게 종일 걸어 다니면서 임하 씨는 길이라는 게 언제나 내가 정한 목적지로 나를 인도하는 건 아니구나, 하는 걸 처음으로 깨닫게 되었다. 어느 땐 끊어지기도 하고, 어느 땐 기적처럼 막막했던 내 앞에 펼쳐지기도 하는 것. 그게 바로 길이었다.

(2017. 3. 16.)

삐딱한 임하 씨의 삐딱한 일상 · 7

환기

서울역 앞에 시민들이 모였다. 집회를 마치고 가두행진을 하기 위해 열을 가다듬을 때였다.

“어라? 저 놈 봐라?”

열의 끄트머리에 서 있던 임하 씨의 눈에 쌩 하니 날아가는 비둘기 한 마리가 붙잡혔다. 녀석은 임하 씨의 시선을 의식한 것마냥 순식간에 곡선을 그리며 몇 차례 비상을 하다가는 이내 어느 건물 구석으로 몸을 감추어 그의 시야에서 도망쳐버렸다. 주위를 살펴보니 방금 놓쳐버린 그 비둘기 녀석이 한 짓을 목격한 사람은 아마도 임하 씨뿐인 듯했다.

‘나라와 국민의 평안을 위해 휴일에도 쉬지 못하고 모인 정의로운 사람들 머리 위에다 똥을 싸질러? … 근데 저 녀석의 똥이 설마 내 머리 위

까지 날아오진 않았겠지?'

몇 해가 지났지만 아직도 임하 씨의 머릿속엔 그날의 분뇨분사사건이 지워지지 않고 살아 있다. 무엇에든 의미 두기를 좋아하는 인간의 특성 때문이기도 하겠지만, 아무리 생각해도 어쩐지 비웃음을 당한 듯 불쾌한 감정이 들었던 것도 큰 이유 중 하나였다.

늘 그래왔듯 새는 그냥 저대로 똥을 싸갈긴 것뿐이고 그것이 하필 함께 집회하던 동지들의 머리 위로 난사된 것뿐이다. 게다가 그들은 제 머리 위에 새똥이 떨어진 줄도 몰랐을 것이다. 그런데 무슨 문제가 남았다고 이렇게 기억 속에서 사라지지 않는 걸까. 임하 씨는 오늘 기필코 이 문제에 대한 답을 얻고, 이 지저분한 기억을 산뜻하게 바꾸기로 작정한다.

임하 씨를 포함한 모든 사람들은 삶의 무게가 결코 가볍다고 생각하지 않는다. 생각하지 않는 게 아니라 그렇게 생각할 수 없이 삶의 무게는 인간들을 짓누른다. 공동의 목적을 가지고 서울역 앞에 모였던 사람들이나 휴일도 없이 가게 문을 열고 손님을 상대로 웃음 짓고 그 웃음만큼의 피로를 제 몸에 축적하는 사람들이나, 아무리 힘쓰고 노력해도 우리들을 둘러싼 세상을 마음먹은 대로 쉽게 바꾸지는 못한다….

… 여기까지는 임하 씨도 별 어려움 없이 생각해내지만 그 다음이 문제다. 그 놈의 비둘기는 하고 많은 데를 다 놔두고 왜 하필이면 정의를 위해 진지하게 투쟁하는 사람들의 머리 위에다 더러운 똥을 난사한 걸

까. 지금 임하 씨의 머리를 열어보면 뇌가 자글자글 주름지는 게 눈에 띄게 보일지도 모른다.

임하 씨는 불쾌감에 주목한다. 비웃음을 당한 듯 불쾌했다는 그것이 어쩌면 핵심일지도 모른다. 비웃음? 비둘기가 왜 사람을 비웃나? 우리도 비둘기나 다른 동물로 태어났더라면 이렇게 골머리 썩으며 살지 않겠지, 너희들처럼 먹고 싸고 자식 낳아 키우는 일에만 올인했을 거야. 하지만 우리는 인간이고, 인간은 언제나 주어진 삶의 테두리 안에서 눈에 보이지도 않는 이상을 좇아 치열하게 살아갈 수밖에 없다는 사실을 너희들이 어찌 알겠느냐!

그러다 갑자기 임하 씨가 앉은키를 세운다. 먹이를 발견한 새처럼 임하 씨의 동공이 커진다.

'아하! 이거 뭐 별것도 아니었네! 나참, 한심스럽긴….'

실마리는 언제나 별것 아닌 것에서 우스꽝스럽게 풀리는가 보다.

밀폐된 방안에 오래 앉아 있으면 누구나 창을 열어 바깥의 신선한 공기로 환기시키고 싶어한다. 그처럼 우리를 짓누르는 삶의 무게를, 가벼이 날아다니는 새 한 마리가 한바탕 우스개로 일순 똥을 싸지르며 그 무게를 날려버리는!

그렇게 오래도록 떠오르던 기억이었는데 막상 생각을 정리하고 보니 이렇게나 별것 아닐 수가 있나. 임하 씨는 좀 우습다. 그저 환기일 뿐이었던 것이다. 한번 크게 웃을 수 있는 가벼운 환기! 오래 묵어 무겁고 탁해진 공기를 깨끗하고 신선한 공기로 바꾸어주는 그런 환기! 우연하고 사소하지만 그러면서도 기습적으로 우리를 새처럼 가볍게 만들어 주는 그런 환기 말이다.

(2017. 3. 17.)

삐딱한 임하 씨의 삐딱한 일상 · 8

넘겨짚기의 대가

어느 모임에서든 화제의 중심에 서는 사람이 있게 마련이다. 그들 가운데 많은 사람이 호감보다는 비호감으로 구설에 오른다. 임하 씨와 그의 동료들도 공통적으로 이해하기 힘든 한 인물과 그를 중심으로 벌어진 일에 대해 열을 올렸다.

사실 임하 씨는 그 논란의 인물과 몇 번 만나본 적도 없다. 다만 친한 동료 중 한 사람이 그 논란 속 인물을 엄청 싫어하여 그 영향을 지대하게 받았다는 점만 기억해두자.

마침 임하 씨가 우스갯소리를 떠벌였다.

"나는 그 사람과 개인적으로 좋고 나쁠 이유가 전혀 없지만 내 친구가 싫다고 하니 나도 덩달아 싫다!"

그때, 이때만을 기다리기라도 했다는 듯이 한 동료가 말했다.

"그 사람도 임하 씨 싫대요!"

이게 무슨 소린가? 임하 씨는 귀가 번쩍해서는 그렇게 말한 사람을 향해 날을 세워 물었다.

"그걸 니가 어떻게 알아?"

함께 있던 동료들이 왁자하게 웃으며 임하 씨를 얼마간 비웃는 투로 앞 다투어 대답했다.

"그걸 몰라서 물어? 당연히 걔가 얘한테 직접 말한 거지! 너 싫다고!"

임하 씨는 자기 속에서 불쾌한 감정이 아주 조금씩 일어나는 변화를 알아차렸다. 자신을 좋아해주길 바란 적도 없지만 그렇다고 싫어한다는 소식이 반가울 리도 없었다. 자신에게 아예 관심이 없을 줄로 알고 있던 사람에게서 의외의 반전을 보게 된 느낌이었다.

부모나 형제자매 같은 골육도 임하 씨를 썩 좋아하지 않고, 오래된 친구나 지인에게서도 빈번히 알아차리게 되는 감정이라 딱히 놀라울 건 없었다. 그런데도 묘하게 기분이 좋지 않았다.

이튿날 저녁, 임하 씨는 혼자 있게 된 틈을 타 그 생각을 다시 꺼내든다. 접어두었을 땐 감정 동요가 없지만 일단 생각을 펼치자 불쾌보다도 궁금증이 인다. 사실 그깟 일이 불쾌한 일이랄 수도 없고, 또 궁금증 또한 정체가 모호하다. 하지만 분명 자신의 마음 한구석에는 불쾌함이 도사리고 있다.

●

궁금증. 의외로, 논란의 인물이 임하 씨를 향해 가졌다는 싫은 감정이 문제는 아니다. 임하 씨가 궁금한 건 불쾌함의 본질이다. 누구를 향한 불쾌함인가.

불쾌함. 곰곰 생각한다. 논란 속 인물이야 어쨌든 이 사태의 원인만 제공하고는 이미 무대에서 사라졌다. 그렇다면 누구에 대해 불쾌해하고 또 무엇이 불쾌한가?

물음을 던지자마자 자동판매기 속 물건처럼 답이 툭 떨어진다.

그렇다. 말을 전한 그 동료가 문제의 대상이다. 넘겨짚기의 달인 임하 씨의 머릿속이 여느 때와 다름없이 분주해진다. 자신뿐 아니라 그 자리에 있던 동료들 모두가 그 논란 속 인물을 싫어했는데 그는 왜 유독 임하 씨를 콕 짚어 그 말을 전했을까. 그 말을 전한 저의가 대체 뭘까. 설마….

얼마간 지난 뒤 심각하던 임하 씨가 코웃음 치듯 쓰게 웃는다. 이건 뭐, 시간 들여 생각하고 말고 할 것도 없는 문제다. 당자가 인정하든 않든, 임하 씨의 추측이 진실이든 아니든, 임하 씨가 이미 정해버린 답, 그 말을 전한 이의 의도는 간단하다.

'나야말로 당신이 싫어! 좀 알아뒀으면 좋겠네?'

어디 숨었다 나타난 불만과 심술인지 하필이면 임하 씨의 눈꺼풀과 튀어나온 주둥이에 붙어버려 영 볼썽사납다. 쳇! 나 싫다는 사람이 어디 한둘인가? 임하 씨는 자기가 너무 눈치 밝고 영리하기만 한 것을 탓하며 사건을 맥없이 정리한다.

●

그런데 임하 씨는 어째서 자기를 싫어하는 사람에게 왜 자신이 싫은지 묻지 않는가? 어쩌자고 이다지도 가볍게 많은 사람이 자신을 싫어한다는 사실을 받아들이는가?

병적인 오만과 허영이 답의 전부는 아니다. 그 이유를 물으면 상대의 답을 들어야 하고, 답을 듣고 나면 어떻게든 상대와의 갈등이나 본인의 스트레스 해소를 위해 노력을 기울여야 할 텐데, 오우— 노우!

뭐, 임하 씨도 자기가 무척 좋아하는 사람에게는 강아지처럼 달라붙어 꼬리도 흔들고 벌러덩 드러누워 배를 내보이기도 한다. 하지만 아무리 좋아하는 사람을 향해서일지라도 그런 행동과 노력은 너무너무 피곤하고, 어렵고, 하고 싶지 않다.

가끔은 무언가를 체념하고 자신에 대한 거부조차 무작정 긍정해버리려는 시도가 살기 편하다. 날이 갈수록 감정낭비에 땀 흘리기 싫어진 임하 씨는 자신이 이제 꽤 늙었다고 여긴다. 짧지 않게 살아온 삶, 그 경험치를 통해 얻은, 그러나 그다지 근사하달 수 없는, 조금은 이기적이고 조금은 저급하며 또 조금은 유치한, 나이든 자만이 가질 수 있는 타인에 대한 무심으로 살아가기. 아— 이 늙음의 막무가내여!

(2017. 3. 19.)

삐딱한 임하 씨의 삐딱한 일상 · 9

여전히 질풍노도 씨

"엄마, 이제 됐으니까 학교 끊어줘!"

초등학교에 입학하고 일주일째 되던 날, 임하 씨의 작은딸 여전히 질풍노도 씨는 학교를 마치고 돌아오자마자 책가방과 신발주머니를 현관 앞에 내던진다.

입이 떡 벌어진 임하 씨. 학교는 학원이 아니라 마음대로 끊었다간 부모 모두 쇠고랑 차고 감옥 간다는 무시무시한 설명을 들은 뒤에야 어렵사리 납득한 여전히 질풍노도 씨. 다행히도 대학까지 무사히 다니고 있다.

30점 맞은 받아쓰기 시험지를 들고 와서도 늘 당당했던 여전히 질풍노도 씨. 한번은 10점짜리 시험지를 엄마와 언니 앞에 내놓았다. 조금은 어이없고 조금은 귀여워, 받아쓰기가 엉망이어도 언제나 한바탕 웃고 궁둥이나 두드려주고 말던 임하 씨와 큰딸 나다운 나 씨도 그때는 심각하게 서로를 바라봤다. 임하 씨가 한숨을 내쉬자 나다운 나 씨가 말했다.

"그래도 한 개는 맞았네. 빵점은 아니니까…."

공부하기 싫달 때마다 내버려두었던 엄마의 잘못도 있다고 자책하는 임하 씨 앞에서 여전히 질풍노도 씨가 키득거리며 의기양양한 표정으로 조그맣게 속삭였다.

"그거… 그 한 개도 틀린 건데 선생님이 모르고 동그라미 쳤더라?"

고등학교에 들어가 입시생이 되고부터 여전히 질풍노도 씨는 본격적인 질풍노도의 시기를 맞았다. 임하 씨를 닮아 산만하기 이를 데 없는 성격이니 책상에 붙어 앉아 있기란 참으로 고역이었을 터.

"그러게 어려서부터 공부하는 습관을 들여줬어야지. 여태 안 하다가 이제 와서 무슨 공부가 되겠어!"

여전히 질풍노도 씨를 키우며 수도 없이 입이 떡 벌어졌던 임하 씨지만 이번엔 좀 억울했다.

"아니, 하라고 해도 싫대놓곤 이제 와서 엄마 탓을 해? 그리고 어차피 하지도 않으면서 공부 때문에 무슨 스트레스를 받는다고 그래?"

"공부를 하는 사람만 스트레스 받는 줄 알아? 공부하면 좋겠는데 못 하는 사람이 스트레스는 더 받아! 이거 왜 이래?"

더 이상 대꾸도 못하고 임하 씨는 두 가지 생각 사이에서 맴돌았다. 공부도 습관이고 훈련인데 아직 성숙하지 못한 자식을 잘 가르치지 못하고 너무 방치했다는 자책. 그리고 공부를 하고 싶어도 여러 조건들이 따라주지 못할 때 맞닥뜨릴 수 있는 낙망과 불안 등. 듣고 보니 모두 딸의 말이 옳았다.

"아—! 난 지금 질풍노도의 시기야. 그러니 될 수 있으면 건드리지 말아줬으면 좋겠어."

학교는 집에서 최대한 가까워야 한다는 임하 씨의 지론을 깨부수고 여전히 질풍노도 씨는 집에서 세 시간 반이나 걸리는 강원도 소재 대학에 입학했다. 뭐든 다 알아서 하겠다며 혼자 원서를 쓰더니 한 달도 안 지나 합격 통보를 받았다.

"어디? 어디라고? 그게 어디 있는 학교야?"

딸이 다니게 될 학교가 한번도 들어본 적 없는 이름이라 임하 씨도 조금쯤 당황했다. 그때 옆에서 나다운 나 씨가 엄마의 옆구리를 슬쩍 찔렀다.

"엄마, 그래도 축하부터 했어야지. 아휴…."

아니나 다를까, 여전히 질풍노도 씨가 따따따따, 임하 씨의 앵그리 주니어답게 엄청 화를 냈다. 뒤늦은 축하를 쏟아부었지만 수습이 될 리가 있나.

공부도 재능인데 다양한 재능을 길러주지 못하고 성적에만 매달려 아이들에게 등급을 매기는 초중고등학교를 지나, 비슷한 실력을 갖춘 아이들끼리 그나마 전문적인 공부를 하는 대학에 들어간 뒤, 뜻밖에도 여전히 질풍노도 씨가 새삼 공부에 맛을 들였다. 크든 작든 노력의 결과가 조금씩 눈앞에 나타나 보였던 게 큰 동력이었고, 또 마냥 놀 수만은 없는 9포세대이기에 막다른 골목에서 인생 최대의 안간힘을 써야만 했으니.

처음 성적장학금이라는 걸 받고 나서 여전히 질풍노도 씨가 말했다.

"나는 어려서 엄마가 그런 말할 때가 가장 겁났어. '나는 분명히 알아듣게 말했다. 나중에 내가 널 가르치지 않았다고 원망할 생각일랑 하지도 마.' 엄마가 언제까지나 내 생의 해결사가 되어줄 줄 알았는데, 그런 식으로 말해서 많이 두려웠어. 내 인생은 내가 책임져야 하는 거구나, 어떤 핑계를 댈 수도 없는 거구나, 하고."

임하 씨는 어쩐지 마음이 무거웠다. 너무 일찍 손을 털었던 건 아니었는지, 아이가 많이 외롭진 않았을지.

"일류학교는 아니지만 뭔가를 공부하고 내가 클 수 있는 곳이 학교라면, 나는 이 학교에 잘 온 것 같아. 여기서 나랑 똑같은 질풍노도의 친구들과 함께 부딪히고 뒹굴면서 나도 부쩍 자랐지 않아? 그래서 말인데 이젠 나를 '생의 안정권에 접어든' 씨라고 불러줘!"

물론 임하 씨도 여전히 질풍노도 씨가 대견하고 자랑스러웠다. 혼자 힘으로 저렇게 자란 모습이 조금은 애처로웠지만 그래도 이젠 적이 마음이 놓였기 때문이다. 하지만 불러달란다고 그대로 불러주면 삐딱한 임하 씨가 아니다.

"하는 거 봐서—."

(2017. 3. 22.)

삐딱한 임하 씨의 삐딱한 일상 · 10

자백과 금순

임하 씨가 책장 앞에 서 있다. 올해는 독서 안식년으로 정하고 책 읽기를 때려치웠지만 그래도 가끔은 책들이 궁금하다. 혼자 있는 시간이 많은 임하 씨는 늘 누군가와 수다 떨고 싶었고, 책은 (물론 일방통행이긴 하지만) 그런 임하 씨에게 쉴 새 없이 수다를 떨어대는 존재였다.

책도 말과 비슷하다. 사람마다 말투가 다 달라서 같은 사건을 이야기해도 어떤 사람은 아주 흥미진진하게 살을 붙여가며 눈앞에 그림이 그려지게 만들고, 또 어떤 사람은 사람들에게서 연쇄적인 하품을 유발하기도 한다. 어떤 사람은 사람들을 즐겁고 웃게 만들고, 어떤 사람은 듣고 있는 사람들을 울린다. 깨우치게도 하고 야단도 친다. 책도 마찬가지다. 작가가 가진 문체와 전하는 메시지에 따라 독자인 임하 씨도 이랬다저랬다 그날의 기분이 널을 뛴다.

머리를 쉬게 해주자는 의미도 있고, 노안이 심해져 눈도 아팠기 때문에 가진 독서 안식년이라지만 소설 정도는 가끔 영감도 얻고 심심함도 타파할 수 있다. 책장을 쭉 훑던 임하 씨의 시선이 한 군데에 꽂힌다. 헤세의 소설 『나르치스와 골드문트』다. 책을 꺼내들고 뒤표지에 실린 소개 글줄을 읽는다. 『데미안』의 속편인가, 임하 씨는 책을 펼쳐든다.

겉표지가 닳도록 천천히 읽는 책 가운데 『헤세의 여행』이 있었다. 언젠가 시끄럽고 복잡한 공항 의자에 앉아 책을 읽는 임하 씨에게 여전히 질풍노도 씨가 입김을 내뿜으며 음산하게 말했다.

"오—, 작가시라 이런 데서 고상하게 책을 읽으시겠다? 그런데 무슨 책이야? … 허세의 여행? 그렇지, 이런 데서 책 읽는 게 허세는 허세지."

"허세라니! 헤세지. 너도 책 좀 읽지 그래?"

"무슨! 집안에 책 읽는 사람은 대표로 딱 한 사람씩만 있으면 돼. 우리 집에선 엄마! 내가 양보할 테니 엄마가 대표해."

잡담이 끝나자 임하 씨는 가만히 책표지를 내려다봤다. 그러고 보면 허세는 허세 맞다. 헤세도 그 비슷한 말을 하긴 했던 것 같고, 자기 속에도 지적인 허세를 앞세워 수많은 사람이 읽어주길 바라는 글쓰기 욕망이 분명 존재하고 있으니 말이다. 너무 짧은 탓에 제목이 주는 어처구니없는 오해와 인상, 그리고 속뜻이 퍽 다양할 수 있다는 데 대해 임하 씨는 새삼 놀랐다.

"나르치스와 골드문트라…. 이게 옛날에 『지와 사랑』으로 나온 책이지, 아마. '지와 사랑'은 책 제목 치곤 좀 후지다. '여행'이라고 제목에 써 붙여서 여행기라는 걸 알리는 것만큼이나 흥미가 떨어지지. 그에 비해 '나르치스와 골드문트'라는 이름은 상상의 여지가 많아서 좋군. 그런데 이게 뭐야?"

보나마나 나르치스는 나르키소스와 연관이 있을 터다. 그리고 골드문트는 그 유명한 스피커 회사 상호 아닌가. 황금입술. 임하 씨가 난데없이 웃음을 터뜨린다.

"그럼 뭐야. 제목이 자뻑과 금순金脣이야? 푸하하하―."

그리고 펼친 책의 내용도 임하 씨의 예상과 크게 다르지 않다. 과연 나르치스는 학자연하는 자뻑 캐릭터에, 골드문트는 아버지가 자기를 버리고 떠난 수도원에서 앞으로 굳세게 살아가야만 하는 금순이 캐릭터라니!

"참, 말들이 어떻게 이렇게나…."

누가 알았겠는가. 임의로 정한 기표들이 가끔은 이렇게 서로 엉뚱한 의미상관성을 가지게 될 줄이야.

(2017. 3. 22.)

2017 그리고 여름의 꼭대기까지

2장

어떤 인상

어떤 인상이 우리에게 얼마나 오랫동안 지속되었는가는 그 인상이 기억에 남는가의 여부에 아무런 영향도 미치지 못한다.

(…)

이렇게 생기는 비범한 이미지의 중심에는 언제나 우리 자신이 있다. 왜냐하면 갑작스럽게 빛에 노출되는 순간들은 곧 우리가 자신의 울타리를 벗어나는 순간들이기도 하기 때문이다. 우리의 깨어 있는, 익숙한, 대낮의 자아는 행동 속에서 혹은 고통 속에서 사건에 개입하고 있는 동안, 우리의 심층적 자아는 다른 장소에 자리 잡고 있다가 마치 성냥불에 불붙는 마그네슘 분말처럼 쇼크에 강타 당한다. 우리의 기억에서 아무리 해도 파괴시킬 수 없는 이미지들이 떠오른다면 그것은 쇼크 속에서 우리의 심층적 자아가 겪은 이러한 희생 덕분이다.

— 발터 벤야민의 『베를린 연대기』 중에서

삐딱한 임하 씨의 삐딱한 일상 · 11

스도쿠 난제

2002년 월드컵이 한창이던 때. 호프집에 들어간 임하 씨와 산본 인어 씨는 진풍경에 혀를 내둘렀다. 벽면에 딱 달라붙은 대왕 텔레비전. 그 텔레비전에 열광하며 반원을 그린 탁자와 의자들.

"축구 싫어하는 사람이 이 대한민국에 단 한 명도 없을 거라 아주 자신하는 모양이네, 쩝! … 여기요! 구석에 테이블 하나 따로 놔주세요!"

소리가 덜 들리는 구석에 자리를 따로 마련해주면서도 직원은 이해할 수 없다는 표정으로 두 여자를 힐끔거렸다.

축구뿐 아니라 임하 씨는 모든 경쟁을 싫어한다. 손에 땀을 쥐게 해주겠다면 누구나 반길 테지만 임하 씨는 아니올시다이다. 서로 겨뤄 우열을 가려야만 하는 경기, 그 긴박함과 긴장감은 언제나 임하 씨를 피로하게 만들 뿐이다.

삼십 년 지기 친구이면서도 술을 전혀 즐기지 않는 것과 마찬가지로 산본 인어 씨는 임하 씨와 다르게 게임에 도통해 있다. 물론 싸워서 누군가를 패배자로 만드는 게임은 아니다. 테트리스나 동식물 키우기 등을 (이기고 지는 게임으로는 유일하게 고스톱만 친다) 섭렵할 정도의 수준급 게이머다. 임하 씨는 그마저도 하지 않았다. 그러곤 게임 하는 산본 인어 씨를 구박하기 일쑤였다.

그러던 임하 씨도 다 늙어 스도쿠에 미쳤다. 물론 수준은 초보를 막 벗어난 정도. 그래도 임하 씨로서는 무척 힘들게 게임을 풀어나간다. 매 회를 다 깨면 아직 녹슬지 않은 자신의 뇌를 칭찬하며 거만하게 다음 회로 입성하던 임하 씨. 하지만 신화는 아무나 만드는 게 아닌 법. 군데군데 구멍난 모눈처럼 풀지 못한 게임들이 쌓여갔다.

전에는 더 낮은 급의 스도쿠도 사람 많은 데서 드러내놓고 풀었다면 이제는 구석에 숨어 최대한 화면을 가리고 푼다. 정말 이상한 일이다. 1부터 9까지의 숫자들이 가로세로, 아홉 개의 정사각형 칸마다 빈틈없이 들어차야 하는데, 이상하게도 어디는 겹치고 또 어디는 비는 사태가 너무나도 빈번히 발생한다. 정확히 말하면 칸이 빈다고 할 수는 없다. 답이 될 수 없는 숫자는 밖에서 남아돌고, 빈 칸은 무엇으로도 채워지지 못한 채 게임의 최후를 맞이할 뿐.

만약 스도쿠에서도 게이머 간 경쟁을 붙인다면 게임에서 진 사람은 다음을 기약하며 학습에 열을 올릴 터이다. 그러나 누가 이기고 지는 방식을 엄청나게 싫어하는 임하 씨에게 경쟁의 기회는 없다. 혼자 푸는 외로운 게임. 답을 찾지 못한 임하 씨는 지치고 우울하다. 어제와 똑같은 머리로 오늘 다시 똑같은 문제에 여러 번 도전한다고 해서 답을 기대할 수는 없지 않은가. 어쩌다가, 우연하게도, 굳어 있던 뇌의 톱니가 찰칵! 하고 움직여주지 않는다면 말이다.

"요샌 기억력이 예전 같지 않아."

이십 년 넘게 연락이 끊긴 누군가의 생일도 척척 기억해내던 절대 기억력의 소유자 산본 인어 씨도 나이를 먹는다. 쇠락하는 친구를 측은히 여긴 임하 씨가 점잖게 조언했다.

"너도 스도쿠를 해봐. 두뇌를 녹슬지 않게 해서 치매에도 큰 도움이 될 거야. 마스터 레벨은 엇갈리는 숫자를 임의로 집어넣는 단계라 재미가 없어서 나는 지금 하드 레벨만 천오백 판 풀었지. 움화화화화—."

목이 부러지도록 잔뜩 힘을 준 임하 씨가 게임 고수 산본 인어 씨 앞에서 거들먹거렸다.

"아, 스도쿠? 그거 하면 떨어지는 기억력을 잡을 수 있으려나? 전에 전체 레벨 만 판을 다 풀긴 해봤는데, 다 풀고 나니 이게 뭐하는 짓인가 싶어서 관뒀거든."

헉! 10,000판? 오메, 기죽어…. 어깨와 등짝이 노골노골 쪼그라든 임하 씨가 헛기침하며 말을 돌렸다.

친구의 놀라운 경험담에 분기충천한 임하 씨는 만 판의 피날레를 꿈꾸며 스도쿠에 다시 심기일전했다. 뇌를 쥐어짜도 안 채워지는 빈 칸들. 포기하자니 억울하고, 계속하자니 콧구멍으로 뇌수가 흘러내릴 것만 같다.

"고민 또 고민하고 신중하게 선택해서 답을 넣었는데도 인정머리 없이 빨간 에러가 번쩍거려 봐. 공들인 시간도 아깝고, 여태 뭘 한 건지 참담하고, 다시 돌아가서 하기엔 너무 억울하고 창피하고, 그렇다고 다 포기하기엔 자존심이 허락지 않고. 아이고, 천지신명이시여!"

그것도 못 푸냐며 배꼽 잡고 방바닥을 뒹굴던 여전히 질풍노도 씨를 떠올리면 아직도 정수리 끝이 화끈거리지만, 터무니없는 우울을 극복하려 임하 씨는 생각을 바꾼다. 그래, 이건 삶의 축소판이야!

임하 씨가 다시 스도쿠를 잡는다. 아예 때려치우지 않고 다시 도전하는 자신의 끈기에 마음으로 박수치며! (사람들의 행동 패턴이 비슷하다는 사실을 임하 씨는 인정하고 싶어하지 않는다. 오직 자신만이 훌륭한 정신을 가졌다는 듯!) 그런데 이건 또 왜 이런가? 당최 눈앞이 가물거리고 흐릿해서 숫자를 읽을 수조차 없다. 스도쿠에 미쳐 작은 휴대폰 화면을 그토록 오래 들여다보았으니 일시로 시력이 급속히 나빠진 탓도 있겠으나 임하 씨가 수 년 전부터 가지고 있던 노안이 가장 큰 장애였다.

"이런… 그러고 보니 허리도 쑤시고 목도 아프네. 아이고, 누구랑 다투기 싫다고 혀가 부서지도록 떠들어대면 뭐하나. 쉴 필요도 없고 늙지도 않는 게임 프로그램과 맞붙어서는 이겨보겠다고 기를 썼으니. 이제 보니 빈 구멍은 스도쿠가 아니라 내 뇌에 숭숭 뚫렸네."

●

혼잣말이 부쩍 늘어난 임하 씨가 투덜투덜, 중얼중얼거리다간 입맛까지 쩝쩝 다신다. 그리곤 일 없이 자신의 허벅지를 탁 탁, 때린다.

타악— 탁! 타아아악— 탁!

얼마나 지났을까. 임하 씨의 두 눈알이 좌우로 바삐 움직인다. 눈 껌뻑거림도 빨라진다. 그러더니 무슨 이유에선지 실쭉 웃는다.

"그래, 내가 아주 잘 늙고 있다는 증거 아니겠어? 적당히, 튀지도 않으면서 아주 잘 늙고 있는 거라구…."

그러곤 자신도 모르게 아주 습관이 되어버린 모양, 또 다시 스도쿠 화면을 연다.

(2017. 3. 23.)

삐딱한 임하 씨의 삐딱한 일상 · 12

어반자카파의 '널 사랑하지 않아'

널 사랑하지 않아. 다른 이유는 없어. 미안하다는 말도, 용서해달란 말도 하고 싶지 않아. 그냥 그게 전부야. 이게 내 진심인 거야. 널 사랑하지 않아. 널 사랑하지 않아. 널 사랑하지 않아.

두 남자와 한 여자로 이루어진 어반자카파Urban Zakapa. 대중가요가 흔히 그렇듯 이들도 연인의 어떤 장면을 노래한다. 멜로디는 느리고 침울하고 반복적이다. 노랫말을 다 듣지 않아도 이별이 또렷하게 짐작된다. 임하 씨는 이런 노래들을 대체로 구질구질하다고 싸잡는다. 핑크빛 사랑의 낯간지러운 노래를 좋아하는 것도 아니면서.

그래서 처음 이 노래를 들었을 땐 얼마 듣지도 않고 다른 노래로 넘겨버렸다. 하지만 유행하는 노래를 굳이, 일일이, 귀를 막아가며 듣지 않을 도리는 없다. 어느 날 운전 중 라디오에서 흘러나오는 이 노래를 듣고 (혼자 운전을 할 때에는 눈에 보이는 하찮은 것, 귀에 들리는 어떤 소리, 소소한 작은 사건 등이 머릿속에서 솜사탕을 말아내듯 촘촘하고도 크게 부풀어 오르게 마련이다) 임하 씨는 또 낙뢰처럼 생각의 파편이 머리에 와 박히는 것을 느꼈다.

무릇 대중가요의 슬픈 노랫말은 처절하고 가슴 아픈 피해자 모드로 일관하며 떠나간 님을 원망 또는 그리워하거나 거기서 더 나아가 순애보적인 가련하고 비통한 아름다움을 담아내는 게 다반사였다. 그러한 노랫말들은 상투적이지만 그래서 더욱 인기를 얻고 오래도록 사람들의 공감을 사며 작사가에게 짭짤한 저작권료를 지불해준다.

그렇다면 이 노래의 파격은 달라진 세태에서 오는가? 피해자 역이 아닌 가해자로서 노래하는 이는 말한다. 나는 이제 널 사랑하지 않고! 다른 이유는 없고! 그냥 이게 내 진심이니 지금 끝내자! 라고. 미안하다거나 용서해달라 말하지 않겠다는 얘기는, 이전에는 너에게 사랑한다고 자주 말했고, 그 말이 진심이라고 믿게끔 행동했으며, 따라서 어떤 장밋빛 미래를 약속하는 듯했겠지만 그건 이제 다 과거지사가 돼버렸다는 단호한 언질!

그래도 두 남자 가수는 양심은 있는지 노래하는 투가 자못 미안해하는 것처럼 들린다. 용서해달란 말도 하고 싶지는 않다고 하면서도 어쩐지 고개를 숙였을 듯한 모습도 상상된다. 하지만 여자 가수는 영 다르다. 아주 대차고 뻔뻔스럽게, 가사와 딱 맞아떨어지는 투로 '그냥'이라고 내갈긴다.

삐딱한 임하 씨가 이런 노래를 그저 흘려들을 리는 없다. 진부함이 사라진, 뇌를 쫀쫀하게 만드는, 그 새로움에 놀라 기쁘기까지 한 이런 노랫말이 여간 반갑지 않다. 그런데 그게 단순히 피해자와 가해자의 역할 바꿈에 한정된 것일까? 그렇지 않다. 임하 씨가 확 꽂힌 건 '그냥'이라는 말이다. 한때 유행했던 '사랑이 어떻게 변하니?'라는 말, 임하 씨는 그때 그 말을 마구, 마구 반박하고 싶었다. '세상에 안 변하는 게 어딨니, 이 바보야!'하고.

어마어마하게 잘 생겨서, 성격이 너무 좋아서, 자기한테 엄청 잘해줘서… 누구를 사랑할 때 우리는 참 많은 이유를 갖다붙인다. 그래서 어느 날 생김새가 어쩐지 별로로 보이고 성격도 맞지 않고 사람은 절대 이타적일 수 없다는 요상한 논리에 귀가 번쩍 뜨이는 순간, 우리는 사랑이 원래부터 없었던 것처럼 변해버리고 만다, 배반의 나비! 그런데 진짜 그런가? 진짜 잘 생기거나 성격이 좋거나 자신에게 잘해주기 때문에 사랑한다고 믿나?

누구나 이상형이 있을 테지만 이상형에 꼭 들어맞는 사람을 사랑하는 건 아니다. 그러므로 개인들이 내건 사랑의 조건이 그다지 믿을 만하지는 않다고 임하 씨는 판단한다. 특별하게 첫눈에 반하는 경우도 있다지만 한번도 운명적인 사랑을 경험해보지 못한 임하 씨에게 진짜 그런 게 있다고 설득할 방법은 없다. 사랑이 문화사적으로, 또는 인류학적으로 유전되고 학습된 본능이자 환영이라는 식의 전문가적 주장이 임하 씨에게 따로 있는 건 아니다. 단순무식하게, 사랑하게 된 어떤 특정한 이유가 있었다면 아무리 오랜 세월 그 상대에 익숙해진다 하더라도 그 특정한 이유가 어느 순간 변할 수는 없다는 게 임하 씨가 내세우는 주장이다. 익숙해지면 익숙해질수록 관계는 더욱 친밀해지고 돈독해지는 법이니까.

그러나 사랑은 익숙함에 넌더리를 내며 돌아서기 일쑤다. 거기엔 다른 어떤 이유도 없다. 사회적일 수밖에 없고, 관계 속에서만 자신을 인지할 수 있는 인간은, 어느 순간 자신을 비쳐주는 어떤 대상을 만나면 '그냥' 도취돼버리고 만다. 이때 사랑에 빠진 우리는 상대에 대한 모든 판단에 눈을 감고, 또 상대의 본질에 관해서도 무관심으로 일관한다. 그러다가 의리도 뭣도 없이 또 '그냥' 자신을 홀렸던 그 중독에서 돌연 해방되고 마는 것이다. 이 시점에서 말하기 좋아하는 임하 씨가 부연한다.

"아, 물론 수십 년을 사랑하고 있다는 부부나 연인들도 우리 주변에 널렸지요. 그러나 누차 말하지만 그건 '그냥' 자신에게 최면 걸기일 뿐이라는 거죠. 달리 사랑한다고 믿고 싶은 사람이 나타나지도 않았는데 무턱대고 관계를 끊었다가 '나 완전히 새 됐어!' 꼴이 되면 어쩝니까? 외롭지 않으려면 별 수 있나요? 외로워지든 어쩌든 저 인간은 뒤꼭지도 보기 싫다, 뭐 이런 지경만 아니라면 무난하게 관계를 유지하고 싶어할 거라는 말씀! 아니면 말구요, 헤—."

그리하여, 사랑이 '그냥' 얻어걸렸던 것처럼 어반자카파의 여성 보컬도 다른 이유 없이 '그냥' 널 사랑하지 않게 되었노라 냉정히 말할 수 있는 거라고, 그리고 그 당당함이 너무나 멋지고 마음에 든다고, 임하 씨는 흐뭇하게 여기며 노래를 듣는 것이다.

"그래, 좀 쿨해지자구!"

어찌 보면 태생적으로 이기적일 수밖에 없고, 그래서 본원적으로 외로울 수밖에 없는 인간들에게 사랑의 도취란 거부할 수 없는 유혹일 터. 환각의 중독에서 깨어나며 겪게 되는 견디기 힘든 통증들은, 그래서 더욱 낭만적인지도 모른다.

'… 하지만 실연을 당한 쪽이 짠하고 마음 아파지는 건 역시나 안타까운 일이야. 환각에서 깨어날 때 서로의 시간차 없이, 한꺼번에, 양쪽이 똑같이 깨어날 수만 있다면 얼마나 좋을까. 무심한 나비는 저토록 아름다운 모습으로 나풀나풀 나를 지나쳐가는구나….'

(2017. 4. 11.)

삐딱한 임하 씨의 삐딱한 일상 · 13

웃을 줄 아는 신

중학교 임시 소집일. 줄 맞춰 쪼그려 앉은 임하 씨는 내내 신경이 쓰였다. 엄마는 이제 중학생이 됐으니 브래지어를 하는 게 좋겠다고 했다. 아직 젖가슴이 부풀지 않아 구겨진 복주머니처럼 엉성히 자리 잡은 브래지어도 거슬렸지만 그보다 더 임하 씨를 예민하게 만든 것은 등에 위치한 호크였다. 몸의 자연스런 곡선 위로 폭력처럼 도드라질 브래지어 끈과 호크. 그리고 또 못마땅한 한 가지 젖멍울. 무엇에 닿기만 해도 아프고, 자칫 어딘가에 부딪히기라도 하면 정신이 아득해질 정도로 엄청난, 자두 씨만큼 작지만 가슴 안쪽에서 요리조리 잘도 피해 다니며 사람을 골탕 먹이는 젖멍울. 임하 씨는 아이에서 여성으로 변화를 시도하려는 요따위 저질스런 몸의 변화가 너무도 싫다고 생각했다.

●

융기하다 만 깔때기 같은 젖가슴이 못마땅했지만 그래도 그때까진 둥글고도 탐스런 어린 배를 유지하고 있어 만족스러운 편이었다. 중학교 1학년도 무르익을 무렵. 거울 앞에 선 임하 씨의 얼굴이 울상이었다. 소담하고 팽팽하던 배가 자꾸만 홀쭉해지고 있었다. 여자 어른들처럼 불룩해진 젖가슴과 푸짐한 엉덩이. 커다란 두 힘 사이에서 험한 세상의 유약柔弱하나 평화를 원하는 가교이기나 한 듯 잘록한 허리. 그것은 곧 어른이 된다는 뜻이었다. 너무나도 성性적이라 머릿속에 떠올리기만 해도 천박하고 죄스러운 모습. 어른들은 그 자체로 사악하고 음흉한 존재들이었다. (그쯤엔 이미 어떻게 아이가 생기는지 알 건 다 알아버린 상태였는데, 어른들은 마치 그런 일은 모른다는 듯 고고하고 잰 체하며 어린아이들 위에 군림하려 든다고 느꼈던 것 같다.)

그때, 중학생 임하 씨는 신에게 기도했다. 할머니를 따라 성당에 다녀본 적이 있었고, 여름이면 간식에 이끌려 교회에도 나갔다. 절에는 가본 적이 별로 없었지만 텔레비전을 통해 가부좌를 튼 불상 앞에서 누군가 읊조리던 '나무아미타불 관세음보살' 정도는 욀 줄 알았다. 열네 살이 되도록 신은 임하 씨의 상담사이거나 가장 믿을 만한 친구, 수호천사이자 실존인 양심, 그리고 그림자였다. 당시 임하 씨는 문득 문득 자신을 위해 신이 만든 세계 속에서 그의 보호를 받으며 저 혼자 주인공으로 살아가고 있다는 터무니없는 믿음을 고수하고 있기도 했다.

그때까지 임하 씨는 '전지전능'이라는 단어의 뜻을 알지 못했다. 사실 지금도 그 뜻은 모른다. '전지전능'은 아무리 생각하고 궁리해도 결국 오류의 벽에 가닿기 일쑤였다. 그래서 '전지전능'과는 관계없는, 다분히 사적이고 은밀한 관계인 임하 씨의 신이 따로 존재할 수밖에 없었다.

물론 중학생씩이나 된 임하 씨가 기독교에서 말하는 질투 많고 두려운 하나님을 아주 모른다고는 할 수 없었다. 그 밖의 다른 신들에 대해서는 아는 바가 별로 없었지만 임하 씨에게 공통적으로 신들은 박장대소할 줄 모르는 부릅뜬 눈의 존재자였다. 그토록 사랑이 많다는 신들이 임하 씨가 보기에는 언제나 나르시스적 유아상태(역지사지가 안 되는 비합리적이고도 유치한)로 보였다는 게 현재 그를 무교자로 만든 큰 원인이기도 했다. 종교적 신들까지 들먹이지 않더라도 위인이라는 사람들조차 모두 지나치다 싶을 정도로 진지하게 느껴졌다면, 그에 반해 임하 씨의 신은 달랐다. 성경에서도 그렇다고는 하던데(신의 형상을 따라 만든 것이 인간이라던가? 그 형상은 겉모습뿐 아니라 속성까지도 닮았을 터), 누군가 임하 씨의 신을 알게 되었다면 아마도 그 신이 다름 아니라 초능력을 가진, 딱 임하 씨 그 자체였을 거라 말했을지도 모른다.

임하 씨의 기도는 간단했다.

'내 배가 홀쭉해지지 않도록 해주세요. 지금까지처럼 어린애의 불룩한 배이게 해주세요.'

언제나 그랬듯 한동안(그러니까 일이 년?) 기도에 대한 응답은 이루어지지 않았다. 배는 점점 없어지고 잘록한 허리가 생겼다. 158센티미터, 47킬로그램, 허리 24인치. 엄마는 보기 좋게 몸매가 잡힌 딸을 바라보며 좋아라 했고, 임하 씨도 곧 변한 자신의 몸에 익숙해졌다. 그래서 자기가 했던 기가 찰 만한 기도도 까맣게 잊어버렸다.

임하 씨는 서서히 아이의 때를 벗었다. 그러는 사이 임하 씨의 신도 설 자리를 잃고 이 세계에서 그 존재가 바래버렸다. 스무 살이 되기도 훨씬 전에 철이 들어버린 임하 씨는 모순 많은 삶과 그 삶의 어리석음들에 대한 불만과 허기로 폭식을 이어갔다. 고등학생이 된 이후 임하 씨의 모습은 팔다리가 비어져 나온 짐볼처럼 떠다니지도 구르지도 못하는 불구의 뚱보였다.

은행이라는 직장은 성미에 맞지도 않는 데다 허구한 날 시재가 틀려 월급의 배로 꼴아박기 일쑤였고, 쓰레기가 된 몸뚱이를 쉬러 가는 집구석은 미노타우루스가 인광을 밝히고 어슬렁거리는 미로처럼 끔찍한 곳이었다. 세상일이란 원래 원하는 대로 되지 않아야 가장 자연스러운 법이고, 신이라는 존재는 매일 매순간 저희들만 복되게 해달라고 비는 인간들의 등살에 이미 어디론가 줄행랑을 놓은 지 오래라는 것을 임하 씨는 퍽이나 잘 알게 되었다. 무수한 인생들이 그랬듯 임하 씨에게도 생은 좌절과 무력의 연속이었다.

그런데 임하 씨가 까맣게 잊어버린 신, 바로 임하 씨의 신은 다른 신들과 달리 익살맞은 신이었다. '전지전능'과는 거리가 매우 멀지만, 근엄하고 포악하기만한 다른 신들에 비한다면 윤리적이긴 해도 인간다운 면이 많았다. 그 가운데 가장 다른 점이 바로 웃을 줄 안다는 점이었다.

오랜 시간이 흐른 어느 날, 임하 씨의 신은 임하 씨를 웃겨야겠다고 생각했다.

평소 자기 자신을 우스갯거리로 자주 이용하는 임하 씨는, 그날도 지인들과 술을 마시다가 뚱뚱한 자기 몸뚱어리를 손가락으로 가리켰다.

"사춘기 때 몸이 변하잖아. 그때 나는 계속 아이의 몸이길 원했던가 봐. 그래서 딴엔 절박하게 기도를 했지. 제발 내 배가 옴폭 들어가지 않게 해달라고. 그랬더니 이 웃기는 신이 다른 기도는 하나도 안 들어주면서 요것만 딱 들어준 거라. 아무래도 내 기도가 퍽이나 진지했던 모양이지. 근데 말이야. 나도 참 바보지. 그때 배불뚝이 돼지는 사절이라고 단서를 달았어야 했는데…. 하여튼 융통성 없는 신이란 말이야!"

부지불식간에 떠오른 것을 입 밖으로 내면서 임하 씨는 새삼 생각했다.

'그러고 보니 이 신이 아주 죽어버리진 않았던 게로군. 게다가 할 줄 아는 것도 있었어!'

임하 씨는 그날 아주 유쾌했다. 그 이유를 설명해보라면 본인도 잘 알지 못해 답할 수 없었겠지만 자기의 신이 웃을 줄 아는 신이라는 게 여간 마음에 들지 않았던 것이다.

(2017. 7. 10.)

삐딱한 임하 씨의 삐딱한 일상 · 14

거미를 잃다

독서 안식년.

빈둥거리기가 일상이 된 임하 씨.

후텁지근한 날씨. 하루 두세 번씩 온몸에 냉수를 끼얹고도 모자라 시험 때 연필 굴리듯 거실바닥에다 제 몸뚱이를 이리 굴리고 저리 굴리던 임하 씨. 가리는 것 없이 펼쳐진 하늘을 물끄러미 쳐다보다 베란다 창틀 반대편 허공에 매어달린 네 마리의 시커먼 거미들을 발견했다. 몇 해 전부터 해마다 보는 거미들. 아마 작년에 슬어놓은 알에서 부화해 성장한 녀석들일 터이다. 제법 시커멓고 커다란 녀석들은 제 구역을 나누기라도 했는지 일정한 간격을 두고 제각기 서로 다른 높낮이로 매달려 있었다. 여전히 질풍노도 씨가 녀석들을 봤더라면 식겁했을 테지만 임하 씨의 반응은 사뭇 다르다.

장마철이 지나고 무더위가 기승을 부리기 시작하면, 온전한 방충망을 어떻게 뚫고 들어오는지 알 수 없는 온갖 벌레들과 나방들. 해충인지 익충인지 분별할 수도 없이 비슷하게 생긴 데다 성가시기가 이만저만이 아니다. 그때마다 완벽하지는 않더라도 베란다 바깥 거미들의 활약은 대단했다. 때에 절고 찢긴 레이스 커튼마냥 늘어진 거미줄에는 다양한 벌레들의 주검이 주렁주렁 매달려 있기 일쑤였다. 보기엔 그리 청결하거나 유쾌하지 않더라도 임하 씨에게 거미들은 퍽 유익한 동거동물인 셈이었다.

거미들을 발견한 지 이틀인가 지나서, 임하 씨는 다시 거실 바닥과 몸을 맞댄 채 부비부비에 열중하고 있었다. 비가 그치고 하늘이 맑게 갠 뒤라 어디선가 노래하는 새소리도 더 청명하기만 했다. 가만히 귀 기울이고 있는데 어쩐 일인지 새가 임하 씨에게로 날아드는 듯 지저귐이 가까워졌다. 마치 머리 바로 위에서 노래하기라도 하는 것처럼. 어리둥절해서 몸을 일으킨 임하 씨가 베란다 쪽을 쳐다봤다.

아주 잠시 잠깐 사이의 일이었다.

창밖에 설치된 안테나 위에 참새보다는 크고 비둘기보다는 작은 새 한 마리가 앉아 있는 것이 아닌가! 새는 자리를 잡은 뒤론 아무 소리도 내지 않고 그저 딱 두 번 고개를 갸웃했다. 사선으로 허공을 바라보고 있는 콩알처럼 까만 눈. 새는 주저하지 않고 그대로 짧은 거리를 직선으로 날아서 딱, 딱! 부리를 움직였다. 그 순간적인 행동에 맞물린 사건, 부리의 움직임과 함께 조준되었던 거미들이 일순간 세상에서 감쪽같이 사라져버렸다!

임하 씨의 입에서 작은 신음이 새어나왔다.

"흐음…."

새는 임하 씨의 존재 따위 몰라도 된다는 듯 훌쩍 날아가버렸고, 임하 씨는 그 뒤로도 한동안 베란다 창밖을 주시했다. 기다려봐도 살아남은 거미는 없는 건지 별다른 움직임이 느껴지지 않았다. 육안으로는 두세 번 부리를 딱딱거린 것 같은데 어느 찰나에 네 마리를 모두 먹어치운 건가. 영상을 통해서는 죽고 죽이는, 더 잔인한 장면들을 수없이 봐왔지만 실제로 바로 코앞에서, 그것도 자신이 호감을 가졌던 생명들끼리 벌이는 약육강식의 세계란….

임하 씨는 한동안 유쾌하지 않았다.

장자가 두려워했듯 따지고 보면 생명들이란 본시 서로 해를 끼치며 서로에게 이해利害를 미치는 법(『장자莊子』, 「산목편山木篇」, 당랑재후螳螂在後에서 인용). 그저 부리 한번 움직일 찰나에 벌어진 일이니 거미들도 거의 고통을 느낄 새가 없었으리라. 또한 새의 먹이가 되었다고 해서 거미나 매미가 욕을 보았다 느끼지도 않을 터. 하긴, 부화한 거미 새끼들이 저희들끼리 서로 잡아먹고 잡아먹히는 일도 다반사이니….

… 다만 혹 생김새가 재난의 원인이 되거나 놀이의 승자를 위한 희생양이 되는 것은 아무래도….

'아무래도'는 역시 아무래도 좋이 보기 어렵다. 해를 끼치는 데도 여러 급이 있다는 생각에 가닿자 임하 씨가 쓰게 입맛을 다셨다.

이따금씩 갓 부화해서 깨보다도 작고 연한 거미 새끼들이 바람을 타고 집안으로 날아들어오는 수가 있었다. 다른 벌레들이야 그렇다 치더라도 거미는 그냥 내버려두고 싶었는데 임하 씨의 소중한 딸 여전히 질풍노도 씨는 가차 없었다.

"얘들은 널 물지도 않고 병을 옮기지도 않는데 왜 굳이 죽여야 해?"

"아, 몰라! 난 싫단 말이야. 아무튼 벌레잖아."

"거미는 벌레가 아니야. 동물이란 말이야."

"그래도 벌레처럼 생겼잖아. 끔찍하단 말이야."

"아니! 그저 네 마음에 들지 않게 생겼다는 이유만으로 얘들이 죽임을 당해야 해?"

"아니! 왜 그런 식으로 말해? 딸한테 그렇게 말하면 기분이 좋아?"

결국 새끼 거미들을 처치해주고 (여기서 주목할 점은, 임하 씨가 거미들을 처리하는 데 들인 에너지라곤 정말이지 방귀 한번 뀌는 데 들인 힘만큼도 되지 않았다는 사실이다.) 임하 씨는 매번 자신을 탓했다. 벌레라면 죄다 끔찍해하는 딸. 그렇게 키운 게 엄마인 자기 자신이었으니 누굴 탓하랴. 어릴 적부터 자연과 벗하며 벌레들과도 친하게 지냈더라면 좋았을 것을….

그리고 또 며칠 뒤.

임하 씨는 베란다 철봉 난간 안쪽에서 몸집이 좀 작은 성장기 거미 한 마리를 목격했다. 고른 숨을 내쉬며 녀석을 관찰하던 임하 씨의 코에서 웃음기 밴 안도의 숨이 새어 나왔다.

'참 그렇다. 자연의 무심함이란 때론 이렇듯 모순처럼 내게 관대함으로 비치는구나.'

(2017. 7. 17.)

삐딱한 임하 씨의 삐딱한 일상 · 15

토끼와 거북이의 경주

… 중간에 낮잠을 즐긴 토끼는 결국 거북이에게 경주에서 지고 말았다.

… 하지만 사회적 동물인 인간은 불변하는 토끼이거나 거북이일 수만은 없다.

개별적으로 상호관계를 맺고 사는 사람은 인성, 건강, 지능, 체력, 재능, 재력, 성별, 연령, 외모, 출신 환경 등 여러 조건에 맞닥뜨릴 경우, 누구에겐 토끼였다가 또 다른 누군가에겐 거북이가 될 수밖에 없다. 어느 땐 토끼였다가 어느 땐 거북이가 되는 상호관계 속 사람들은, 그렇기 때문에 죽을 때까지 수많은 레이스를 하며 때론 전력질주를 하고 때론 걷고 혹은 낮잠을 자거나 멍하니 시간을 축내는 수도 생기게 마련이다.

임하 씨가 속한 소설 스터디 '끼—움'. 아직 아무도 등단하지 못했던 어느 해, 모든 구성원이 커피 회사 '동서'에서 주관하는 공모전에 단편소설을 출품했다. 평소 겸손한 척, 모두가 비슷한 실력의 동료라느니 흰소리 아닌 흰소리를 늘어놓던 임하 씨였지만 소설 쓰기에 관해서 만큼은 가장 많이 공부하고 오래 노력한 사람이라는 자부심이 컸던 것도 공공연한 사실이었다.

그랬던 임하 씨가 당선작 발표를 며칠 앞두고 꿈을 꾸었다.

귀갓길, 우편함에서 꺼내든 소포. 발신인을 확인한 임하 씨는 그 자리에서 소포를 뜯었다. 떨떠름한 예감 때문이었는지 손의 움직임이 단정치 못해 작은 상자를 뜯는 순간 무게감이 느껴지는 내용물이 바닥으로 쏟아졌다. 누가 볼까 잽싸게 내용물을 집어든 임하 씨는 그것이 인스턴트커피 봉지인 것을 단번에 알아보았다. 임하 씨는 곧 함부로 찢은 상자를 뒤져 인쇄된 종이를 찾아 들었다. 공모전에 참가해주어 감사하다는 내용과 함께 커피상에 당선됐다는 소식.

잠에서 깨어난 임하 씨는 그날 오후 '끼—움' 동료들에게 연락을 했다. 혹시 주최 측에서 당선 소식을 전해 듣고도 떨어진 사람들에게 미안해 말하지 못하고 있는 사람이 있는지.

"에이, 그럴 리가 있어요? 그런 일 없답니다."

고작 여섯 명이 모인 스터디지만 어쨌든 그 안에서는 자신이 토끼라 자신하던 임하 씨. 그러나 이삼십대 젊은 여성들이 주 독자층인 소설판에서 자신이 이미 감각이 많이 떨어지는 구세대라는 것을 여러 번 확인하곤 기운을 잃은 경험이 있었다. 세상을 너무 오래 살아버려서 관습에 찌든 데다 속물근성, 노예근성, 권위 같은 것들이 덕지덕지 묻어 아무리 닦아내려도 닦이지 않는 불우한 자신을 보게 되는 것, 그러면서도 나이에 걸맞는 혜안이나 통찰은 없는, 임하 씨는 그런 소설들만 쓰고 있는 것 같아 마음이 편치 않았다. 같이 소설을 쓰는 젊은 친구들. 뒤늦게 시작했지만 그들이 빠르게 성장하는 것을 불안하게 바라볼 수밖에 없는 임하 씨. 출발선에선 분명 토끼였던 자신이 어느 순간 거북이로 변해버리는 것은 아닌지. 아니, 먼저 출발했기 때문에 자신이 토끼라 의심하지 않고 믿었던 것은 아닌지.

마흔을 훌쩍 넘겨 시작한 소설 쓰기. 어쩌면 애초부터 임하 씨는 토끼 복장을 한, 제법 우수한 거북이였는지도 모를 일이었다.

… 젊고 건강한 두뇌를 가진 후발주자들은, 자기들이 거북이라 생각하고 부단히 앞으로 나아간다. 물론 임하 씨도 최선을 다한다. 하지만 어느 순간 다리에 쥐가 난 건지, 아니면 신발에 문제가 생긴 건지, 자신을 앞지르는 거북이들을 빤히 쳐다보면서도 앞으로 치고 나갈 수가 없다. 발을 동동 구르고 이런저런 수습을 해보지만 멀어져가는 거북이의 등을 바라만 볼 뿐. 그렇다고 오십을 바라보는 나이에 길바닥에서 울 수도 없다. 무늬뿐일지라도 자신은 언제까지나 토끼이고 싶으니까. 행여 조급하거나 당황한 기색을 내보여선 안 된다. 그래야 결승점에서 그들을 만나게 되면 거드름을 피우며,

"나 원 참! 잠깐만 다리를 쉰다는 게 그만 잠이 들어버렸지 뭔가! 거

참, 제대로 승부를 겨루지 못해 미안하이."

라고 변명이라도 할 게 아닌가.

하지만 임하 씨는 불길한 미래를 내다본다.

어느새 보기 좋은 귀를 쫑긋 세우고 땀을 식히는 멋진 토끼들을 마주하게 되는….

전력질주를 하느라 추레해져버린 자신의 갈라지고 두툼한 네 다리를 안쓰럽게 바라보게 되는….

함께 소설 쓰는 벗들을 이겨야 직성이 풀리겠다는 졸렬하고 이기적인 마음으로 오해해선 안 된다. 자신이 혹시 구제불능의 거북이일 뿐이라는 사실을 인정해야만 되는 것은 아닌지, 그 두려움이 더 큰 때문이었으니까.

기대에 못미치는 발표가 나고 모임이 있던 날. 임하 씨는 동료들에게 꿈 얘기를 했다.

"그 커피 봉지가 내 얼굴을 얼마나 화끈거리게 하고 내 마음을 아프게 했는지 그대들은 아마 상상도 못할 것이야. 미안한 말이지만 그래서 나는 우리 모두가 낙방인 게 너무 반갑고 안심이 될 뿐이라네. 하하하—."

손사래를 치며 크게 소리 내어 스스럼없이 웃어주는 동료들을 바라보던 임하 씨.

'결과가 중요하지 않다고 말할 순 없지. 하지만 거북이 친구를 기다려주고 쥐가 난 토끼의 곁에서 다리 주물러주는 거북이 친구를 가질 수 있어 얼마나 큰 행운인지…. 어쩔 수 없이 서로 견줘야 하고, 앞서거니 뒤서거니 하는 게 인생이라면 속도를 좀 조절하는 것도 한 가지 방법일 수 있을 터. 뭐, 거북이들과 속도를 맞추려면 몸살이 나긴 할 테지만….'

이듬해, 주요 일간지에 낼 실력이 아니란 걸 잘 아는 주제파악의 능력자 임하 씨는 지방지 신춘문예에 응모를 했고 한 군데에서 운 좋게도 당선이 되었다. 잘난 체하기와 뻔뻔함에 놀랍도록 소질이 있는 임하 씨는 기세등등해졌다. 수 년째 밖에서는 원고 청탁 한번 받아보지 못하고 아무도 그가 소설가라는 사실에 관심을 가져주지 않았지만 오직 스터디 안에서만은 노회한 작가이기나 한 것처럼 위세를 누렸다. 지금은 그 알량한 가능성조차 가뭄 속 강바닥 드러나듯 되어버렸지만 그래도 나름 진지한 순수소설의 파수꾼을 자처하는 열혈 토끼. 그렇다. 임하 씨는 비록 뒤처지고 보잘것없긴 해도 자신이 토끼라는 사실을 확인할 수 있어 마음이 놓였던 것이다. 토끼인 척했던 게 아니라 한번은 진짜로 토끼였었다는 사실이 그를 그토록 위로한 것이리라.

꽤 오랜 기간 소설을 쓰지 못하고 있는 임하 씨.

"그래, 혹시 이 상태가 길어져서, 내가 땅바닥에 널브러져 더는 일어서지도 달리지도 못하게 되거들랑 그대들의 그 튼튼하고 딱딱한 등딱지에 나를 뉘어서 꼭 같이 가줘! 껍데기마저 다 일어난 늙은 거북이로 변해버렸을지라도 말이야!"

(2017. 7. 24.)

삐딱한 임하 씨의 삐딱한 일상 · 16

스파이더맨 홈커밍

언제 봤는지 기억도 잘 나지 않는 1987년 영화 〈회색 도시〉 때부터 임하 씨는 로버트 다우니 주니어, 줄여서 '로다주'의 팬이다. 어벤저스 시리즈가 공전의 히트를 친 지금, 로다주보다는 아이언맨 수트의 팬으로 진화하긴 했지만.

그 아이언맨 수트와 로다주, 그리고 슝슝 날아다니는 쾌감을 느끼고 싶어 영화관을 찾은 임하 씨. 여느 때와는 달리 영화가 다 끝나고, 엔딩 크레디트가 올라가고, 스크린이 텅 비게 될 때까지 자리를 지켰다. 딱히 감동을 받거나 여운이 남아서가 아니라 하루살이 채 씨의 수필 내용 때문이었다. 하루살이 채 씨가 원했던, 예술영화관에서처럼 모든 영화관에서 영화를 만든 사람 하나하나를 눈여겨봐주는 영화에 대한 예의,

그걸 해보려던 거였다. 그러나 엔딩 크레디트가 미처 올라오기도 전, 상영관에 불이 켜지자마자 자동으로 벌떡 일어나 잽싸게 자리를 뜨던 임하 씨에게, 줄줄이 자막이 올라가는 그 몇 분은 정말 지루하고 버티기 어려운 것이었다. 이렇게 재미없는 영화를! 상업영화관에서 줄기차게 나오는 광고까지 기 빨리며 다 보고! 돈 벌어서 유명해지는 게 목적인 상업영화인들에 대한 예의를 지키기 위해! 알아보지도 못할 알파벳의 나열을 욕 읽듯 건성으로 쳐다봐야 했던 그 몇 분! 에잇! 그냥 살던 대로 살아야지.

하루살이 채 씨의 글을 읽고 뭔가 뚜렷하게 생각이 바뀐 것도 아니면서 임하 씨가 이런 시도를 해본 이유는, 찝찝함 때문이었다. 혹시 자기가 누군가를 함부로 폄하하거나 일반화의 오류를 범하고 있진 않은지….

그런데 하필 영화를 잘못 고른 거다. 개중엔 상업영화라 해도 생각할 거리를 준다든지 깊은 감동을 주는 경우가 얼마나 많은가. 〈스파이더맨〉 시리즈만 하더라도 그렇다. “큰 힘에는 큰 책임이 따른다”는, 오락영화의 주제 치곤 제법 근사한 메시지라도 전편에선 볼 수 있었는데….

굳이 분류하자면, 영웅인 고등학생 스파이더맨의 성장(무리의 우두머리가 되어 모두의 찬양을 받고 가장 매력적이고 아름다운 여자를 독차지하려는 수컷의 욕망이 빠르게 전개되는) 영화쯤으로 볼 수 있을 테지만, 그렇기 때문에 쉰이나 먹은 아줌마가 보기엔 지나치게 가벼웠던 데다, 기대했던 통쾌한 장면이나 놀라운 액션도 많이 아쉬웠다. 그래도 인상 깊은 장면을 꼽으라면 영화의 발단, 나중에 악당이 되어버린 벌처가 일방적인 공사 중단 통보를 받고, "이 일을 하기 위해 트럭도 샀어요. 사람들도 잔뜩 모았다고요. 다들 딸린 입이 있는 사람들이에요. 일을 하지 못하게 되면 집이 날아갑니다"라고 항변해 영화의 갈등이 불거지던 장면이 그랬다. 그리고 갈등이 절정으로 치달으며 스파이더맨과 대치한 상황에서 벌처가 했던 말도 인상적이었다.

"아무리 버둥거리며 살아도 어벤저스 같은 높으신 분들은 우리들의 삶 따윈 신경도 쓰지 않아!"

벌처는 자본에 밀려 나락으로 떨어진 기술공학 노동자(그냥 공학자가 아니고 천재다!)였다. 그는 자신에게 최고의 가치인 소중한 가족과 집을 지키기 위한 최후의 선택으로, 우주 신물질을 이용한 비밀의 가공할 무기를 만들어 파는 악당으로 변신한 인물이다. 영화에서 설정한 8년 동안 벌처는 무기만 만들어 팔았을 뿐(이 대목에서 임하 씨는 성주의 사드 배치 등, 전 세계 평화를 위해 신무기를 제조, 대량 보급 판매 중인 미국과 벌처가 무척이나 닮은꼴이 아니냐고 쫑알거렸다) 직접 살상을 하거나 어벤저스에 맞서는 영웅적인 행동 따윈 하지 않았다. 그저 드러나지 않게 은밀히 무기를 만들어 팔았는데, 그 이유는 그나 그의 동료들에게 중요했던 것은 어디까지나 자기 집에서 자신의 가족들과 평화롭고 안락하게 사는 것일 뿐이었기 때문이다.

스파이더맨이 토니 스타크에게서 건네받은 거미 문양 전신 타이즈도 벌처의 무기와 마찬가지로 '즉살卽殺'이 가능한 살상무기다. 영화 중간 중간 코미디처럼, 즉살 기능을 사용하겠느냐는 인공지능 타이즈의 질문 때문에 임하 씨는 매번 코웃음을 치고 말았다.

이런 전후 사정을 몰랐다손 치더라도 어리숙한 스파이더맨이 벌처의 자기 해명에 보인 반응은 한마디로 어처구니없었다. 흥분한 임하 씨가 혼자 씨불였다.

"뭐라고? 그걸 왜 자기한테 말하는 거냐고? 아니, 아무리 어려도 그렇지. 저러고도 영웅이라고 할 수 있어? 무슨 사춘기 영웅이 저렇게 저항정신도, 비판능력도 없을 수가 있어?"

그때 벌처의 대답은 "너를 설득시키려고"였다. 여기서 다시 한번 임하 씨는, 벌처가 영웅이 되려는 어린 피터도 자신과 같은 부류라 믿고 있다는 느낌을 강하게 받게 된다.

아버지도 숙부도 없는 고아 스파이더맨의 앞에 새롭게 등장한 심리적 아버지 토니 스타크. 그는 어벤저스 속 부자 영웅으로서 정의의 이름을 가졌고, 그래서 미성숙한 스파이더맨 피터가 존경하고 뒤따를 만한 자였다. 그리고 반대편에 선 대표 흙수저 벌처. 나중에 피터가 사랑한 여자 친구의 아버지라는 사실이 밝혀지고도 벌처는 악당의 지위를 넘겨받아 제거돼야 할 공공의 적이 되고 만다.

알아볼 수 없는 알파벳 엔딩 자막을 멀거니 쳐다보면서 임하 씨는 생각했다. 대체 토니 스타크와 벌처는 무엇이 어떻게 얼마나 다르기에 서로가 극점에 서서 서로의 적이 되어야만 했던 걸까. 방사능에 피

폭된 거미에 물리거나(스파이더맨) 연구가 잘못되어 감마선에 노출되거나(헐크) 애초부터 신의 아들이거나(토르) 고도의 전투훈련을 견디다가 에너지 무기까지 거머쥐게 되거나(블랙 위도) 또는 부유한 거물의 아들로 태어나거나(아이언맨)….

어? 그러고 보니 토니 스타크도 공학자였고, 살상무기를 만들어 팔던 중 부상을 당해 아이언맨 수트를 입기 시작했던 거잖아? 임하 씨의 작은 머리가 과열되기 시작했다. 벌처도 날개 달린 코스튬을 만들어 입은 채 싸웠고. 그러나 찍어낸 듯 비슷해 보여도 이 두 사람은 근본부터 아주 많이 다르다. 우선 부자 부모가 주는 출신배경이 다르고, 가족을 책임져야 하는 가장과 자유로운 솔로가 주는 매력(물론 임하 씨에게 로다주와 마이클 키튼의 외모를 비교할 생각은 눈곱만큼도 없지만, 영화 마지막에서 기자 회견을 앞둔 스타크 인더스트리의 거물 토니 스타크는 대중의 사랑을 한몸에 받는 연예인에 다름 아니다) 차이가 상당하고, 결정적으로 토니 스타크는 테러나 회사 범죄 등 거대 명분을 위해 자신의 재력과 천재성을 이용했다면, 벌처는 기껏해야 자기 가족과 동료, 살 집 따위에 목숨 거는 소시민에 불과했던 것이다. 소시민이라….

세상에는 임하 씨의 작은 머리론 도저히 정답을 알아낼 수 없는 것들 투성이다. 아무리 봐도 영웅인 토니 스타크와 악당 벌처는 지킬 박사와 하이드만큼도 차이가 없다. 지킬과 하이드가 내면적 모순에 시달렸다면, 토니 스타크와 벌처는 외양적 모순이 병적으로 나타난 극단적 예일 뿐. 도대체 세계는 왜 이다지도 이율배반적인지.

●

엔딩 자막도 다 올라가고 난 뒤 생뚱맞게 캡틴 아메리카가 스크린 전면에 등장했다. 그걸 본 임하 씨가 기가 찬 듯 입을 열었다.

"어라? 내가 하고 싶은 말을 쟤가 다 하고 있네!"

쿠키 영상 속 캡틴 아메리카가 한 말은?

"군인에게도, 학생에게도 인내심이 중요합니다. … 내가 이런 거나 보려고 이렇게 오래 기다렸나 후회가 되기도 하죠."

(2017. 8. 1.)

삐딱한 임하 씨의 삐딱한 일상 · 17

속물의 급

"아, 제발 그 속물 같은 소리 좀 그만할 수 없어?"

낡은 단독주택들, 그리고 업자들이 지어 파는 연립과 빌라가 다닥다닥 붙어 있는 어느 골목. 여전히 질풍노도 씨에게 퉁바리를 맞고도 임하 씨는 입을 꾹 다물었다. 말이야 틀린 말은 아니었으니까.

그로부터 며칠 뒤, 임하 씨와 나다운 나 씨는 집 앞 생맥주집에 앉아 있다. 작은 선풍기가 고개를 상하좌우로 흔들며 에어컨 바람을 부지런히 사방으로 나르는 중이다. 추위를 많이 타는 임하 씨가 드러난 팔을 연신 문지르며 입을 연다.

"내가 속물이란 걸 부정하진 않아. 하지만 그때 내가 그 동네에 비싼 외제차가 한 대도 보이지 않는다고 한 건, 그 동네 사람들을 얕보거나 해서 그런 건 아니었어. 우리 동네에도 아래쪽에 다가구주택이 많지만 거기서는 외제차를 곧잘 보게 되거든. 자기 차일 수도 있고, 리스일 수도 있고, 업무용일 수도 있지만, 아무튼 유지가 된다는 거잖아. 그런데 가난에도 급이 있어서 어느 동네는 중소형 국산차도 할부로 탈 수밖에 없는 경우도 있다는 거, 그런 생각이 들어서 혼잣말을 했던 건데…."

임하 씨가 나다운 나 씨에게 '이 동네엔 비싼 외제차가 한 대도 보이질 않네'라고 해서 여전히 질풍노도 씨로부터 퉁바리맞은 경위를 해명하고 있다.

"엄마 주변에는 합리적이고 논리적인 사람들만 있어서 엄마가 늘 말씨름을 이기는 건지 모르겠지만, 무패로 논리를 이길 수 있는 게 뭔 줄 알아? 바로 비논리야! 엄마랑 언니가 늘 놀리던 대로 나는 비논리에 무논리라 엄마를 말로 이길 수 있는 거라고!"

여전히 질풍노도 씨의 이런 말들에 임하 씨는 늘 벌어진 입을 그대로 떡 벌리고 있을 수밖에 없었다. 비논리도 무논리도 아닌 말들, 언제나 정곡을 찔러서 임하 씨의 치부를 따끔거리게 하는 말들. 그때, 지금 나다운 나 씨에게 하듯 반박 혹은 변명을 했다면 그 뒤에 전개될 상황은 뻔했다.

"오해 살 말들, 무례한 말들, 듣는 이를 불쾌하게 만들거나 상처주는 말들은, 그게 바른 말이라 할지라도 꼭 입 밖으로 내야 하는지, 머리가 있으면 생각을 해가며 말하라고 한 건 바로 엄마였어. 만약 이 동네 사람 중 누구라도 엄마 말을 들었더라면 그 귀가 어떻게 됐겠어?"

나이가 드니까 그게 바른 말인지 허튼 소린지 분간도 하기 전에 어느새 생각하고 있는 말이 벌써 소리가 되어 제 귀에 들리는 난감한 상황을 젊은 저것들이 어떻게 알겠는가, 하면서도 임하 씨는 혀를 차며 자조했다.

삐딱한 임하 씨가 두 눈을 끔벅이며 맥주만 들이켜자 나다운 나 씨는 자기 엄마를 말끄러미 바라본다.

"엄마, 우리 회사에 마치 자기들이 지식인이나 지성인이 되는 것처럼 구는 사람들이 있어. 그런데 이따금씩 마주쳐서 그 사람들이 하는 얘기를 들어보면, 맨 연예인 가십에 남의 험담에 누가 어느 아파트에 살고, 누구는 주식을 해서 얼마를 벌었고, 누구는 유산상속 받아 벤츠 타고 나타났고 하면서 입만 열면 자기들이 얼마나 속물인지 확실하게 보여주는 거야."

풀죽은 임하 씨가 빈 맥주잔을 내려놓으며 웅얼거린다.

"나도 그런 얘기 자주 하는데…."

빗나가는 임하 씨의 반응에 나다운 나 씨의 미간이 잠깐 구겨진다.

"그래, 엄마도 속물이지. 엄마가 그렇다니까 속물인 거겠지."

그 말에 떨어졌던 임하 씨의 고개가 발끈 일어선다. 생맥주 한 잔을 더 시키곤 나다운 나 씨를 비난의 눈초리로 째려본다.

"그래본 적은 없지만, 아마 그 사람들도 자기들더러 내가 속물이라고 하면 지금 엄마처럼 불쾌해할 거야. 아니다. 싸우자고 덤빌지도 모르지. 자기들은 속물이 아니라고 악악대면서.”

임하 씨가 방금 나온 차가운 생맥주를 한 입 마시곤 나다운 나 씨 앞으로 민다.

“그런데 엄마랑 그 사람들이랑은 속물은 속물이래도 급이 다른 속물이야. 그 사람들은 자기들이 지성인에 못미치는 걸 잘 알면서도 남들에겐 그런 사람으로 보여지고 싶어해. 지성인인 척 군다는 거지. 그것도 속물스러운데, 자기들이 속물인 걸 끝끝내 부정하고 발끈하는 어처구니없고 웃기는 속물들인 거야. 거기에 비하면 엄마는, 속물이라는 비난을 들으면 기분은 좋지 않아 하지만 그래도 그걸 애써 부정하진 않잖아. 그리고 엄마가 속물스러운 것에 대해 고민할 줄도 알고 말이야. 가난이나 부자에만 급이 있는 게 아닌 것 같아. 속물에도 다 급이 있다니까. 안 그래?”

말을 끝내고 맥주를 들이켜는 나다운 나 씨를 임하 씨는 가늘게 뜬 눈으로 한참 말없이 지켜본다.

‘그런데 참 이상하단 말이야. 지금 쟤도 그렇고, 왜 사람들은 마치 판관이나 경기 바깥의 관중이나 된다는 듯 이런 상황에 아무 해당사항이 없는 것처럼 자기는 쏙 빼고 말할까. 세상에 속물 아닌 사람이 어딨다구….’

하지만 이런 속마음을 말할 경우 즉각 나타날 나다운 나 씨의 반응도 임하 씨는 물론 예상하고 있다.

"아니, 엄마! 똑바로 좀 보라구! 설사 내가 속물스런 생각을 했다손 쳐. 그렇다고 내가 엄마처럼 굳이 그 생각을 입 밖으로 내서 남들에게 비난 살 일을 자초할 것 같아? 게다가 내 삶에서는 내 속물성이 갈등의 큰 원인도 아니라고. 어째서 이런 상황이 생긴 건지 진짜 모른단 말이야?"

혼자 골똘히 상상하던 임하 씨는 결국 머리를 흔들고 한숨만 길게 내뱉을 뿐이다. 그리곤 여전히 질풍노도 씨 앞에서 그랬듯 다시 입을 꾹 다물고 만다.

(2017. 8. 7.)

삐딱한 임하 씨의 삐딱한 일상 · 18

딴 데 보기

좌골신경통으로 주사 시술을 받았던 임하 씨. 당연히 퇴원할 때 병원으로부터 스트레칭, 바른 자세에 관한 권고사항과 술, 담배 등 하지 말아야 할 것들에 대한 주의사항을 전달받았다. 한동안은 스트레칭 하기와 바른 자세만이라도 유지하려 노력했으나 작심삼일, 곧 흐지부지되고 말았다.

수 개월이 지나자 통증이 재발했다. 심각한 상태는 아니었으므로 차일피일 미루던 어느 날, 진료 받던 병원을 방문했다. 간단히 증상을 말하고 약 처방을 요청하자 듣고 있던 의사가 석고상처럼 굳은 자세로 깊은 한숨을 내쉬었다. 깍지 낀 손을 책상 위에 가지런히 얹은 채 약간 아래로 시선을 떨어뜨린 의사는 건조하고 묵직한 음성으로 느릿하게 말을 시작했다.

"충치가 생기면… 치과에 가서 썩은 데를 파내지요. 그러고 나면… 어떻게 합니까? 전보다 꼼꼼하게 더 자주 양치질하면서 이가 다시 썩지 않도록 관리를 잘 해야겠지요…."

환자는 쳐다보지도 않고 누구나 다 아는 빤한 소리를 늘어놓는 의사를, 임하 씨는 희귀한 동물이라도 발견한 듯 뜨악하게 쳐다보았다.

'오호라! 환자 떨어지면 손가락 빨게 될 의사가 이렇듯 아픈 이에 대한 사랑이 넘치는 것 좀 보소!'

코웃음이 터져나오려는 것을 참으며 임하 씨는 잠자코 의사의 말을 들었다.

"… 시술 받고 증세가 좀 좋아졌다고 병원에서 시키는 건 다… 무시하고 또다시 안 좋은 자세로 운동도 하지 않고 약이나 시술에만 의존한다면…. 의사라도 어쩔 수가 없는 겁니다…."

"네에…."

나 같은 환자가 많기는 엄청 많은가 보다, 생각하면서 임하 씨는 크게 뉘우치는 학생처럼 모기만한 소리로 시들한 대꾸를 했다. 의사가 앉은 자리 뒤로는 커다란 유리창이 7층 아래 난쟁이 집들의 갖가지 지붕을 어수선하게 펼쳐놓고 있었다.

빗물을 막으려 덮어씌운 천막 위로 아슬아슬하게 얹힌 에어컨 실외기….

어디에다 쓰려고 올려놨는지 지금쯤 새까맣게 까먹었을 법한 군데군데 썩은 목재들….

오래된 지붕은 듬성듬성 기와장이 날아가 이빨 빠진 모양으로 엉성해 보였고, 얼마 전부터 시작된 공사현장은 집을 통째로 들어올린 것처럼 뿌리가 덜렁 뽑힌 채 벌겋게 속살을 드러낸 구멍으로 남았다….

시선을 멀리 할수록 초라한 건물들은 점점 작아졌고, 그 끝에는 부채처럼 너르게 살을 펼친 산들과 유리 때로 인해 뿌옇게 색이 바랜 하늘이 욕심 없이 공중에 떠 있었다….

의사는 여전히 야단 아닌 야단을 치고 있었고, 임하 씨는 멍한 표정으로 간간이 네, 네, 대답하면서 딴 데만 쳐다보았다.

'마음먹은 대로 살 수 있다면 얼마나 좋겠나…. 입 아프게 말한다고 달라질 환자들이 아니란 건 당신이 가장 알 텐데 그래도 꿋꿋하게 잔소리하는 마음, 나도 조금은 알 것 같아. 하지만 저기 좀 봐. 당신도 가끔은 저 아래를 내려다본 적 있겠지? 사람의 몸도 저 건물들과 같아. 시간이 흐르면 여기저기 망가지고, 그때마다 보수를 하는 건 아주 당연한 거라고. 가끔 원자재가 부실한 건물들은 지은 지 얼마 안 됐어도 문제가 생기는 거고 말이야. … 그런데 아직도 할 말이 더 남았나?'

한번도 반발하지 않고 싫은 내색도 없이 무료한 표정이긴 했으나 순종적인 착한 환자에게 엄한 의사는 은혜를 베풀듯 열흘치 약을 처방했다.

그제야 임하 씨는 공손히 인사하며 의사를 향해 생긋 웃어보였다. 그리곤 뒤돌아나나올 때의 웃는 낯 그대로 콧노래를 흥얼거렸다.

"젠, 젠, 젠— 젠틀맨이다, 젠틀맨이다아—. 공부 잘해 의사 된 너, 너만 잘났냐아—, 공부 못 해 의사 못 된 나도 잘났다. 젠, 젠, 젠— 젠틀맨이다, 젠틀맨이다아—."

(2017. 8. 14.)

삐딱한 임하 씨의 삐딱한 일상 · 19

기사도 정신

고속도로 갈림목. 길게 늘어선 차량들. 얼핏 보면 갓길에 일렬로 주차된 차들로 오인 가능. 다른 차선들에서는 쾌속 질주하는 스트레스 없는 차량들이 쌔앵—.

— 끼익. 임하 씨도 브레이크를 발로 꾹 밟으며 줄의 끄트머리에 선다. 곧 임하 씨의 차 뒤로도 줄이 길게 늘어난다. 느릿느릿, 그래도 차들은 꾸준히 앞으로 나아간다. 그때!

그런 때, 그런 상황에서, 쌩 달려온 차 한 대는 뒤에 줄 선 차들을 무시하고 무조건 깜빡이를 켠 채 제자리라는 듯 끼어들기를 시도한다. 잘 아는 길에서 그런 짓을 했다면 얌체 중에서도 아주 못돼먹은 얌체일 것이다. 길을 잘 모른다 하더라도 요즘 내비게이션의 뛰어난 성능을 감안

하면 부주의나 실수로도 보기 어렵다. 그러나 쾌속 주행 중인 옆 차선의 원활한 진행을 위해서도 그렇고, 넓디넓은 임하 씨의 인격으로 보아도 그렇고 깜빡이 켠 차를 못 본 체 할 수는 없다. 그래서 너그러이 끼워준다. 그런데!

그런데 천하에 싸가지 없는 운전자는 그 간단한 비상등 조작도 하지 않는다. 안 끼워줘도 그만이었는데….

“쌔끼이….”

동행인이 함께 차에 타고 있는 경우라면 ‘쌔끼이—’로 가볍게 끝날 리 없다.

“저런 가축 새끼를 봤나! 어떤 돼먹지 못한 짐승한테 운전을 배웠게 저 따위야!”

고약한 성질머리의 8할이 입으로 몰린 임하 씨. 이맛살과 미간 주름살에도 각각 1할씩. 그런 임하 씨의 주름들 안쪽에는 구겨진 표정을 단박에 펼 수 있는 기분 좋은 기억이 있다.

초보운전자 시절. 화물차들이 많이 다니는 삭막한 39번 도로의 출퇴근 시간대, 그리고 또 다른 출퇴근 시간대의 영동고속도로에서. 39번 도로에서는 막 어두움이 무겁게 내려앉는 무렵이었고, 영동고속도로에서는 물탱크를 거꾸로 뒤집은 것마냥 하늘에서 비가 아니라 물을 퍼붓고 있던 상황이었다. 두 번 다 그랬다.

두 번 다, 진입로에서 끼어들 엄두도 내지 못하고 어쩔 줄 몰라 쩔쩔

매는 임하 씨의 마티즈를 돕던 흰색 스펙트라와 은색 쏘렌토. 두 번 다, 사이드미러로는 후방이 식별되지 않아 차창을 다 내리고 목부터 머리 전체를 바깥으로 내놓은 채 잔뜩 울상을 짓고 있었는데…. 그나마도 영동고속도로에서는 망할 놈의 비 때문에 작은 머리통에 미역줄기를 잔뜩 얹은 험한 꼴을 하고 있기도 했고…. 그런데 그때!

바로 그때, 비스듬히 차선에 진입해서는 브레이크를 잡고, 초보운전자 아줌마의 마티즈가 천천히, 정상적으로 차로에 자리 잡길 무던히도 기다려주던 그 고마운 운전자들. 그 깜빡이던 비상등.

꼭 자기 마누라 같아서 그랬을까.

꼭 자기 언니 같아서 그랬을까.

꼭 자기 엄마 같아서 그랬을까. 그 깜빡이던 비상등 불빛, 불빛….

마티즈를 뽑고 화성으로 출퇴근한 지 삼 일째 되던 날. 임하 씨는 1톤 트럭과 접촉 사고를 냈다. 행인들이 어머나! 하는 표정으로 가던 발걸음을 멈칫했고, 차 앞쪽에서는 플라스틱 깨지는 소리가 끔찍하게 대기를 쪼갰다. 차 밖으로 나와 사고 현장을 확인하곤 두 손바닥을 맞비비며 심하게 당황해하던 임하 씨. 제가 면허 딴 지 일주일도 안 됐거든요, 죄송해서 어쩌지요, 운운. 마찬가지로 부딪친 차체들을 확인한 오십대 운전자는 일단 한가한 길로 차를 빼자고 임하 씨에게 말했다. 자기를 따라오라고.

트럭을 따라간 임하 씨에게 운전자는 말했다.

"내 차는 괜찮아요, 괜찮습니다. 그런데 아줌마 차가…. 수리비가 많이 나오겠는데요. 집까진 잘 갈 수 있겠어요?"

말라서 조금쯤 등이 굽은, 구겨진 쥐색 바지의 주머니는 자주 손을 집어넣는 버릇 때문인지 천이 닳아 좀 헌 듯 보이는, 헐렁한 잠바까지 전체적으로 평범한 중년의 기사 양반. 임하 씨를 향해 고개를 주억거리고는 트럭에 올라타는 아저씨. 임하 씨는 잃어버린 큰 오빠라도 만난 듯 트럭이 천천히 멀어지는 모양을 잠시 바라보았다.

그리고 유럽과 미국에 배낭여행을 떠났다 돌아온 나다운 나 씨에게서 들은 이야기.

"그 쪽 나라들에서 참 멋지고 진기한 구경을 했어. 누가 끼어들겠다고 깜빡이를 켜면 그걸 본 차량들은 하나같이 속도를 줄이더라고. 안전하게 끼어들도록 뒤차들이 서행을 하니까 끼어든 차에서 보면 뒤차가 점점 멀어지는 것처럼 보이는 거야. 상상해 봐, 엄마!"

상상해본 임하 씨. 눈도 입도 동그랗게 변한다.

"오—! 멋져, 멋져! 아주 멋진 기사도技士道 정신이야!"

그리하여, 삐딱하고 성질머리마저 고약한 임하 씨가 운전 하나만큼은 정속, 방어운전, 언제든 끼어들기 허용(물론 위에 언급한 것처럼 '쌔끼이—'를 자주 웅얼거리긴 하지만), 가벼운 접촉사고 피해에 대해서는 관용하기 등 자신이 그렇게도 우러르는 멋진 기사도 정신을 기똥차게 좇는 것이다.

(2017. 8. 22.)

삐딱한 임하 씨의 삐딱한 일상 · 20

한낮의 잠깐

바람도 멎고, 대기의 먼지 입자만 느리게 유영하는, 어디에도 그늘이 없을 것만 같은 여름의 노—오—란 한낮. 햇빛에 짙게 물든, 소리마저 늘어지도록 녹여버린 주택가 사거리.

이제 막 오르막길을 지치게 올라온 임하 씨의 끈끈한 땀, 잔뜩 일그러진 표정, 자신의 귀로만 공명하는 무겁고 거친 숨소리.

"뜨겁다…."

횡단보도에서 잠시 기다리고….

초록불이 켜지고….

건너고… .

아파트를 향해 천천히 걸으면서….

●

임하 씨는 기웃, 시선을 몽땅 한 곳에 빼앗겼다.

딱 알맞게 몸에 들어맞는 재색 교복을 입은 남학생 하나와 여학생 하나. 비탈진 길가에서 멀지도 가깝지도 않은 거리를 두고 비스듬히 마주보며 서 있었다. 치즈같이 말간 피부색이 두 얼굴과 솜털이 보송할 팔뚝, 그리고 여학생의 드러난 종아리에서 스스럼없이 돋보이고…. 조금은 수줍은 듯, 그러면서도 하얀 이를 한껏 드러낸 채 활짝 웃는 보드라운 얼굴들. 세상에서 가장 느린 세계 속 초침처럼 둘은 동그라미를 그리며 아주 조금씩 움직였다. 손도 닿지 않는 그만큼의 간격으로 왈츠를 추듯….

"아…!"

제아무리 삐딱한 임하 씨라도 싫어하거나 물리칠 수 없는, 동화 속 그림 같은 모습이었다. 소리까지 먹어버린 한낮의 거리에서는 절대 들릴 리 없건만 임하 씨는 그들의 싱그러운 웃음소리를 코로 마시는 듯한 착각을 했다. 세상의 모든 질투, 미움, 눈물이 증발한 감정의 순수한 해방을 눈으로 좇으며 임하 씨는 자기 안에서 차오르는 기쁨을 들이켰다. 무시간성으로 열려 있는 찬란한 생의 에너지!

사랑? 아니다. 사랑이라는 짧은 단어로는 부족했다. 아니, 사랑까지 나가지도 않았다. 파릇파릇 싹트는 기쁨과 가슴을 간질이는 설렘. 딱 저 나이가 아니고선 절대, 아무도 경험하지 못할 생의 환희!

그 한낮, 임하 씨에게서 모든 짜증과 투덜거림을 증발시킨 잠깐의 장면.

"나에게도 저런 시절이 있었던가…."

아무리 떠올려봐도 아무 기억도 잡히지 않았다. 방금 전까지도 꿈을 꾸는 것만 같던 임하 씨의 얼굴 한쪽 근육이 서서히 구겨졌다.

"알 게 뭐람! … 그래도 내 딸들은 또 모르지."

흐뭇하고 온화한 보살의 미소가 잠시 잠깐 임하 씨의 입가에 머물렀다. 하지만 이내 일 자로 굳어져 버린 입술. 임하 씨가 쩝쩝 입맛을 다셨다.

"아니, … 모르지, 몰라. 저 모습은 생애 딱 한번, 아주 짧은 순간에만 느낄 스치는 감정일 테니까. 게다가 누구나 성장을 하듯 당연히 얻을 수 있는 감정도 아닐 거고. … 걔들도 이젠 다 커서, 너무 커버려서 말이지. 아주, 아주 잠깐이라…."

심술인지 시무룩인지 뒤꿈치로 무겁게 땅을 찧으며 걸어가던 임하 씨가 슬쩍 고개를 돌렸다. 걸음을 멈추고 풋내 나는 그들을 다시 쳐다보았다. 다물려 있던 임하 씨의 입술이 천천히 떨어졌다. 마구 그어댄 낙서 같은 눈가 주름이 넓게 번졌다. 그리곤 어느새 바보처럼 벙그레 웃었다.

(2017. 8. 29.)

2017 겨울이 코앞에

3장

영향력

나치 점령 시 덴마크에 사는 유대인을 지지하는 사람이라면 누구나 가슴에 노란별을 달아야 한다고 명령했을 때 그 나라 국왕 크리스티안 10세의 가슴팍에서는 빛나지 않는 노란별이 사람들의 시선을 사로잡았다.

삐딱한 임하 씨의 삐딱한 일상 · 21

보디랭귀지

지상 전철역 승강장에서 한 외국인 여자가 임하 씨 일행을 향해 다가온다. 외국인을 본 일행들이 두어 걸음 뒤로 물러설 때 임하 씨는 성큼 앞으로 걸어간다. 누가 말릴 새도 없이! 임하 씨와 마주한 외국인이 종이를 꺼내들고 손가락 끝으로 어딘가를 가리키며 질문한다. 당연히 한국말이 아니다. 그 모습을 본 일행들이 임하 씨와는 전혀 모르는 사이라는 듯 슬며시 몸을 돌린다.

"아! 여길 가겠다고? 그럼 반대쪽에서 타야 돼! 알아들어? 이 계단 타고 저어—쪽, 보이지? 저기 반대편에서 타야 한다고. 오케이?"

외국인이 용케 알아들었는지 임하 씨에게 웃으며 인사하곤 반대편 승강장으로 가는 계단을 오른다.

다른 날, 이번에는 서울의 지하철역 승강장이다. 막 전차에서 내리는 임하 씨 앞에 한 무리의 외국인이 막아선다. 행인들은 흘깃거리며 그 자리를 지나친다. 멀대같이 커다란 외국인 남자가 임하 씨에게 무어라 영어로 묻는다. 임하 씨는 상대방의 말을 듣고도 몇 초 동안은 넋을 놓은 채 눈만 껌벅거린다. 그러다가 갑자기,

"아! 신라호텔? 너희들 지금 신라호텔 가고 싶다는 거지?"

하고 다행히 달랑 하나 알아들은 신라호텔이 엄청 반가운지 목청을 키운다. 외국인들이 웃는 낯으로 고개를 끄덕이자 임하 씨는 으레 하던 팔짓과 눈짓으로 국민체조라도 하려는 것처럼 이쪽으로 올라가서 다시 저쪽으로 올라가라 고래고래 소리친다. 그러더니 손으로 망원경 모양을 만들어서는 허공을 가리키며,

"알아들었지? 다 올라가서 둘러보면 저 꼭대기에 신라호텔이라고 큼지막하게 글씨가 보인단 말이야. 오케이?"

한다. 외국인 무리가 크게 웃으며 고맙다고 인사한다. 임하 씨도 손을 흔들며 혼잣말한다.

"땡큐는 무슨…. 알아들은 니들이 용하지!"

하지만 한국 땅이 아닌 외국에서도 이런 막무가내 몸짓 말이 잘 통할까? 해외여행을 다녀본 적도 별로 없지만 그나마도 자유여행보다는 패키지를 선호하는 임하 씨가 현지인들과 소통할 기회는 거의 없다. 한번은 가이드가 퇴근하고 호텔 측에 몇 가지 필요한 물품을 요청해야 할

일이 있었다. 임하 씨의 등을 떠밀곤 멀찌감치 자리 잡고 선 친구들은 손뼉을 치고 발을 구르며 웃느라 정신이 없었다. 안내 데스크로 간 임하 씨는 천연덕스럽게,

"헬로! 우리 방이 투, 제로, 씩스인데, 포크 네 개랑 젓가락…. 아, 젓가락이 뭐지? 그래, 찹스틱도 네 개. 알아들어? 어, 똑똑하네. 그래, 그리고 그거 있지? 다용도 콘센트? 소켓 말이야, 플러그 소켓. 알아들어? 그래, 그거 두 개. 오케이? 룸 넘버가 투, 제로, 씩스라고! 기다릴게, 갖다줘. 오케이?"

라며 손가락을 네 개 펴들었다가 두 개 펴들었다가 젓가락 흉내를 냈다가 한바탕 소란을 피웠다. 웃느라 배꼽 빠지는 친구들과 방에 들어가고 얼마 지나지 않아 임하 씨는 그래도 원하던 물건들을 다 받을 수는 있었다.

산본 인어 씨에게는 시고모가 한 분 있다. 어려서 큰 병을 앓고 언어 장애를 가지게 되었는데 수화 배우기를 싫어했다고 한다. 산본 인어 씨가 한번은 시고모의 텃밭에 임하 씨를 데리고 갔다. 고모가 서 있는 곳에서는 아무 소리도 들리지 않는데 자꾸만 손짓을 섞어 말대꾸하는 산본 인어 씨를 향해 임하 씨가 소곤거렸다.

"야, 고모님이 니 말을 알아듣긴 하셔?"

"응, 대충은 알아들으셔. 너 부추 좋아한다고 했더니 이쪽으로 쭉 심긴 게 부추니까 다 뜯어가라신다."

임하 씨의 두 눈알이 빠져나올 것처럼 커다래졌다.

"너! 그걸 다 알아들은 거야? 어떻게?"

삼십 년 가까이 친구로 지내느라 시고모와의 일화를 한두 번 전해들은 게 아닌데도 임하 씨는 매번 놀랍기만 하다. 손맛도 좋은데다 퍼주기까지 즐겨서 늘 음식을 잔뜩 해놓고 가져가라고 연락하는 건 일도 아니랬다. 어디가 어떻게 아픈지도 세세히 다 설명하고, 누가 서운하게 하면 그 넋두리도 멀쩡하게 말하는 사람 빰친다나. 산본 인어 씨가 말 못하는 시고모만의 말하기에 대해 길게 말을 늘어놓을 때면 그때마다 임하 씨는 그 말을 하는 자기 친구를 기가 차서 바라본다. 어떻게 그걸 다 알아들었을까….

텃밭에서 부추와 푸성귀들을 한 아름 끌어안고, 임하 씨는 고모를 향해 허리 숙여 인사했다. 그 모습을 본 고모가 일을 멈추고 일어섰다. 그리곤 표정과 손짓으로 말했다.

'더 뜯어가. 여기 대파도 있고, 얼갈이도 있잖아. 더, 더 뜯어가. 많이, 많이 뜯어가.'

"아니요, 지금도 많아요. 고맙습니다. 안녕히 계세요."

고모가 환하게 웃었다. 그리곤 고개도 끄덕이고 손도 흔들었다.

산본 인어 씨가 뒤를 돌아다보며 걷느라 느려진 걸음걸이로 끝나지 않는 인사말을 화가 난 것 마냥 소리쳤다.

"네, 주말에 갈게요. 네, 아범이랑 같이 갈게요. 너무 늦게까지 계시지 말고 들어가세요."

차에 시동이 걸리고 텃밭이 더 이상 보이지 않게 되었을 때까지도 임하 씨는 고개를 갸우뚱거렸다.

"참말로 희한하다, 희한해. 너한테 전해들을 땐 도무지 이해가 안 됐는데, 진짜 마주 서서 대화를 해보니 고모님의 말이 들린다, 들려. 근데도 지금 생각해보면 또 이해가 안 된단 말이야. 그저 니가 위대해 보일 뿐이다! 아주 위대해!"

초저녁 숲에서는 소리 내는 벌레들이 날개를 비벼 매앰맴, 비비작 비비작, 귀뚜르르르르 세상에 말을 걸고 있었다.

(2017. 9. 5.)

삐딱한 임하 씨의 삐딱한 일상 · 22

입가 주름

임하 씨는 심한 뻐드렁니였다. 힘을 주어야만 입을 다물 수 있었다. 빗물이 머리 위에 떨어질 때는 이마, 코, 뻐드렁니에도 똑같이 물이 튀었다. 겨울이면 무방비로 노출된 앞니가 얼어붙어 언제라도 금이 쭉 가며 부서질지 몰랐다. 딸들의 교정을 맡은 의사는 보호자로 따라간 임하 씨에게 더 관심을 보였다. 심한 뻐드렁니 때문에 삼십 년 동안 입에는 늘 헌 구멍이 몇 개씩 있어 왔다. 구강궤양으로 몹시 쓰라릴 땐 어쩔 수 없다는 듯 눈가가 붉어지기 다반사였다.

나다운 나 씨는 직장을 얻어 수입이 생기자 가장 먼저 임하 씨에게 치아교정을 권했다. 이삼 년만 고생하면 남은 평생 입안이 헐어 고생할 일은 없을 거라며 설득했다. 동네 교정치과를 알아보고 견적까지 받아

됐다.

"그 돈을 나를 줘라. 한동안 넉넉하고 우아하게 음주나 즐기게."

여전히 질풍노도 씨도 거들었다.

"내가 졸업하고 취업해서 돈 벌면 엄마 교정 비용의 반을 부담하겠어. 언니 장부에 적어둬."

짧지 않은 줄다리기 끝에 임하 씨는 교정을 시작했다. 교정기를 달고 나타난 임하 씨를 보고 주위 사람들은 돌출된 입이 가졌던 독특한 인상이 사라진다며 안타까워했다.

"이미 시작했고, 영정사진만큼은 입이 들어간 정상적인 모습이고 싶어."

교정하고 한해가 지나자 눈에 띌 정도로 입이 들어갔다. 큰 힘을 들이지 않고도 입을 다물 수 있게 되었지만 예상치 못했던 쪼글쪼글한 주름선이 인중을 복잡하게 만들었다.

"이빨이 들어가니까 가죽이 남아돌아. 교정 끝나면 틀니 뺀 할머니 같겠어."

임하 씨는 몇 번이나 딸들의 얼굴에 주름진 입을 불쑥 들이댄 채 심란해했다. 들여다보지 않으면 잘 보이지 않는다고 딸들이 위로해도 소용없었다.

"얻는 게 있으면 잃는 것도 있지. 입술에 주름이 자글자글한 대신 가지런히 들어간 이빨과 열어진 팔자주름을 얻었으니 됐지, 뭐."

가끔 임하 씨도 이와 같이 자위했으나 곧 다시 시무룩해지곤 했다.

●

얼마 전부터 임하 씨는 눈가에도 잘 바르지 않던 아이크림을 입가에 덕지덕지 발라댔다.

주름이 심하기는 이마나 미간, 눈가가 더했다. 피부도 얇은데 세수나 할 뿐 선크림도 바르지 않는 게으른 성격 탓에 일찍부터 노화는 쾌속으로 진행 중이었다. 하지만 임하 씨는 그 심각한 주름들에 대해선 아랑곳하지 않았다. 이따금 열띠게 떠드는 임하 씨의 얼굴에서 주름살이 왕성하게 꿈틀거릴 때면 흥분을 가라앉히려는 여전히 질풍노도 씨의 손길이 안쓰러운 듯 엄마의 얼굴에서 주름을 펴고 다녔다.

"〈케빈에 대하여〉에서 틸다 스윈튼을 처음 봤어. 그때 그 배우를 보고 하도 엄마랑 닮아서 속으로 좀 놀랐지. 머리가 짧아서가 아니라, 아들 케빈 때문에 틸다 스윈튼이 멍하니 정신줄을 놓고 앉아 있을 때 그 표정이 엄마랑 똑같다고 느꼈거든. 표정은 멍하지만 무한대로 가동되는 뇌의 소리가 보는 사람에게 또렷이 들리게끔 만드는 얼굴 말이야. 그때부터 나는 틸다 스윈튼이 참 좋았어."

틸다 스윈튼은 임하 씨도 참 좋아하는 배우다. 품위 있고 세련된 중성의 매력을 풍기는 멋진 배우. 여전히 질풍노도 씨의 말에 임하 씨의 기분은 가파르게 상승했다.

"〈케빈에 대하여〉 찍을 때 틸다 스윈튼이 아마 지금 엄마 나이쯤 됐었을 걸. 나이보다 꽤 젊어 보이는 외모인데도 영상에 비친 그 얼굴에 잔주름이 엄청나더라고. 서양인들이 대개 그렇다지만 윗입술에 잡힌 자글거리는 주름을 보고 나도 처음엔 좀 낯설었지. 그런데 조금 더 보고 있으려니까 그 배우가 자신을 잊고 배역을 충실히 연기하는 모습에서 당당함이 훅 치고 들어오더라고. 그러더니 영화가 끝나기도 전에 나는 이미 그 배우의 팬이 되었고, 주름살마저도 대단히 멋스럽게 보이더라니까. 그깟 주름이 엄마를 뭘 어쩌겠어? 당당해져, 엄마!"

잠깐 동안 최면이 걸린 듯 임하 씨는 자신의 작은딸을 물끄러미 바라보았다. 그러더니 점점 벌어지는 입을 다물지 못하겠는지 교정기 낀 흉한 이빨을 몽땅 드러냈다.

"이 놈에 자식! 언제 이렇게 컸어!"

참을 수 없이 기쁘다는 표정으로 임하 씨는 작은딸의 머리카락을 마구 흐트러뜨렸다. 하지 말라고 짜증을 내는 여전히 질풍노도 씨를 뒤로하고 활짝 웃던 임하 씨가 벌떡 일어나 거울을 향해 성큼 걸어갔다. 거울 앞에서 제 얼굴을 요리조리 살피고 입술주름도 톡톡 건드렸다.

"응, 그래. 듣고 보니 입술주름도 나쁘지 않네. 나쁘지 않아. 입술 이쪽에서도 인생의 깊이가 더 깊어졌을 뿐이야."

소리 나는 쪽을 잠깐 쳐다보던 여전히 질풍노도 씨의 시선이 다시 휴대폰으로 떨어졌다. 그리곤 들릴 듯 말 듯 피식 웃었다.

(2017. 9. 12.)

삐딱한 임하 씨의 삐딱한 일상 · 23

해 뜨는 집

어렸을 적, 잠자리에 누운 나다운 나 씨는 엄마가 불러주던 이 노래를 자주 들었다.

"넓고 넓은 바닷가에 오막살이 집 한 채…."

'오막살이', 나다운 나 씨는 모르는 단어였다. 흥얼흥얼 따라 부른다든지 잠투정하는 동생에게 불러줄 때면 나다운 나 씨는 '오막살이' 대신 귀에 익은 다른 단어로 노래를 바꿔 불렀다. 스물여섯 살 나다운 나 씨는 아주 가끔 생각나고 때론 궁금하기도 했지만 대수롭지 않아서였을까, 그때마다 때를 놓쳐 물어보지 못했던 말을 이제야 꺼냈다.

"엄마, 그 노래 가사가 정확히 뭐야? … 오막살이? 오막살이가 대체 뭐야?"

"판잣집처럼 볼품없이 작고 초라한 오두막집을 말하지. 그걸 여태 몰랐어?"

"응, 들어본 적이 있어야 말이지. … 나는 그런 줄도 모르고…."

"왜?"

"아… 나는 어려서 그 노래를 이렇게 불렀지 뭐야. 넓고 넓은 바닷가에 토막살이 집 한 채—."

'토막살이?' 들리는 대로 바꾼 단어가 '오막살이'와 비슷한 움막집이라는 걸 나다운 나 씨는 알았을까?

〈클레멘타인〉을 포함한 민요는 입에서 입으로 전해지는 특성상 작곡자나 작사가가 확실치 않다. 오랜 세월 구승된, 여러 시대와 서로 다른 공간을 살다간 수많은 사람들의 종합적 기억이 곧 민요인 셈이다. 그런데 역사가 짧은 미국에서는 기연미연 작곡자가 거론되는 민요도 있다. 1964년 애니멀스가 부른 〈The house of the rising sun(해 뜨는 집)〉이 그 한 예다.

임하 씨는 어려서부터 〈해 뜨는 집〉을 좋아했다. 모국어밖에 할 줄 모르니 당연히 무슨 내용인지도 모르고. 하지만 이야기를 모르더라도 듣고 느끼는 데야 무슨….

… 해 뜨는 집. 쏟아져 들어오는 따뜻하고 밝은 순정의 위로가 무엇과도 섞이지 않은 채 멀미처럼 건너오고. 곡조에서는 부식되지 않은 유일한 추억과 그리움이, 고인 바람처럼 운동한다. 뉴올리언스와 슈트케

이스, 트렁크, 날개의 단어들은 여행이 시작되었음을 알려준다.

애니멀스가 부른 〈해 뜨는 집〉에서, 읊조림 같던 잔잔한 노래의 시작은 몇 개의 음절도 지나지 않아 갑작스런 음조의 변화를 겪는다. 아주 높고 긴 내지름으로 상승하는 노래. 마치 불행한 절규이기나 하다는 듯. 구슬픈 음색을 가진 존 바에즈도 어딘가 비극이 서린 분위기로 이 노래를 부른다. 어느새 애니멀스의 주인공 소년도 존 바에즈의 소녀로 바뀌어 있고. 어느 한 날, 임하 씨는 노랫말과 두 노래의 차이가 궁금해졌다. 인터넷 검색이 쉬워진 덕에 임하 씨는 곧장 알아볼 수 있었다. 주인공은 자기가 자랐다는 뉴올리언스의 해 뜨는 집으로 돌아간다. 그런데 ball and chain이라니? 무슨 일이 있었던 걸까. 쇠사슬에 쇠공을 달아맨 죄수용 족쇄를 차고 뉴올리언스 행 기차에 오르는 중이랬다.

〈해 뜨는 집〉은 임하 씨가 곡조로만 그리던 추억 속의 행복하고 환한 집이 아니었다. 애니멀스의 소년에게 그곳은 감옥이었고, 존 바에즈의 소녀에게도 그곳은 감옥 혹은 유곽이었다. 비탄에 빠진 죄수가 회한에 가득 차 부르는 노래. 배웅이나 마중에서 듣게 되는 '안녕' 그 짧은 인사도 없는 여행. 임하 씨의 게으른 추측, 빳빳하게 굳어버린 확신은 딱지처럼 뒤집혔다.

왜 하필 '해 뜨는 집'이라고 했을까. 임하 씨는 궁금했다. 사람들이 그 집을 해 뜨는 집이라 불렀다고 했다. 먼 바깥에서 쳐다보면, 마치 그 집 위로 해가 떠오르는 듯 보이는 집. 혹시 떠오른 해가 검은 태양이었을까. 아니면 집안에 있어야 할 해가, 따뜻한 온도와 밝은 시야를 거두어 집과 작별하고는 절망만 던져놓고 떠나버렸을까. 매일 매일 더럽고 매캐한 그을음이 제 부력으로 해를 공중으로 내몰았을까.

재봉질로 새 청바지를 만들어준 어머니와 술에 절어 도박을 일삼던 아버지. 부끄러운 가난과 부정한 죄와 근심이 박쥐 떼처럼 날아다니던 집. 낯선 이미지일까. 임하 씨가 겪어보지 못한 남의 추억일 뿐인가?… 갖가지 기억이 임하 씨의 콧잔등을 치고, 가파른 이마를 때리고, 휑한 정수리마저 찌른다. 어떻게 노래와 비슷한 어떠한 기억도 자신과는 상관없다는 듯 시침을 뚝 떼고 아름다운 비가를 들은 사람마냥 그 오랜 세월을 멍청하게 취해 있었을까.

마을이 통째로 수몰된 호수 위에서 나침반을 손에 들고 잃어버린 제 집의 추억을 더듬는 사람처럼 임하 씨도 기억의 검은 구멍을 노려보았다.

오래도록 열병을 앓고 깨어난 그날, 임하 씨는 남았고 대신 엄마가 집을 나갔다. 집을 나가 있던 아버지는 자기 사람을 데리고 다시 집으로 돌아왔다. 임하 씨는 집을 떠난 적이 없었다. 노래 속 주인공처럼 어머니에게 동생들을 죄악에 빠지지 않도록 해달라고 애원하지도 않았다. 임하 씨에게 돌아갈 집은 따로 없었다. 임하 씨가 곧 집이었으니까.

해가 뜨는지 달이 뜨는지 아무것도 뜨지 않고 먹구름과 비바람뿐인지는 중요하지 않다. 하지만 천연두를 앓은 적 없는 임하 씨에게도 천연두의 흔적은 남아 있었나 보다. 노랫말을 모르고도 처음 들었던 때부터 자신을 가라앉히던 노래와의 인연.

●

창도 문도 닫힌 밀폐된 방안에서 임하 씨는 연기가 새어나가지 않을 줄 믿으며 천천히, 하지만 조급하고 불안스레 담배를 피운다. 벽지 속 흐드러진 꽃이 거무튀튀하고 끈적하게 변해가듯 자신이 걸어온 궤적도 종착지 없이 바래는 중이라 여기며.

(2017. 9. 19.)

삐딱한 임하 씨의 삐딱한 일상 · 24

각자의 처지

그러니까 어림잡아 1988년이나 그즈음이었다. 당시 수원역사에서는 몽땅 화장실이기나 한 듯 지린내가 진동했고 바랜 검정색 옷을 입은 동냥꾼이 어렵지 않게 눈에 띄었다.

그 시절의 어느 겨울, 이십대 초반이던 임하 씨는 수원역사에서 약속한 누군가를 기다리고 있었다. 아무 옷이나 되는 대로 껴입었는지, 얼굴은 조막만한데 몸집은 어울리지 않게 커다란 검은 사람 하나가 임하 씨 앞에 나타났다. 너무 가까이 다가오자 임하 씨는 자기도 모르게 물러서려다 주춤했다. 뒤는 벽이었다. 검은 사람은 말이 필요 없다는 듯 임하 씨를 똑바로 쳐다보며 검은 비닐 봉지를 불쑥 내밀었다. 곧이어 임하 씨도 익숙한 모양새로 겉옷 주머니를 뒤지더니 손에 잡히는 동전을 죄다 꺼내 검은 봉지 안으로 떨어뜨렸다.

약속 시간이 한참 지나도록 기다리는 사람은 오지 않았다. 휴대전화가 없던 시절이었으니 마냥 기다릴 밖에. 오라는 사람은 오지 않고, 원치 않았으나 역사 입구에서부터 두리번거리던 검은 여자 하나와 임하 씨의 눈이 딱 마주쳤다. 임하 씨는 움찔했다. 여자는 임하 씨보다 체구가 작았다. 만화에나 나올 법한 뭉친 머리칼이 떡진 채 얼굴 위로 꼿꼿이 서 있었다. 얼굴은 언제 씻었는지 감 잡을 수 없을 지경으로 거뭇거뭇 얼룩졌는데, 거기에 심술궂은 표정은 덤이었다. 텔레파시로 누가 '돌격, 앞으로!'라고 외치는 소리라도 들었는지 검고 작은 여자는 임하 씨를 향해 뛰다시피 다가왔다. 곧 으레 내밀게 마련인 검은 비닐 봉지가 임하 씨 앞에서 부스럭거렸다.

"저기, 아까… 그러니까, 먼저…."

누가 알아듣기에는 너무 작고 흐리멍덩한 발음으로 임하 씨가 말을 더듬었다. 동시에 잽싸게 주머니를 뒤졌다. 그러나 돈이 있을 리 없었다. 그렇다고 가뜩이나 궁색한데 지갑까지 꺼내 피 같은 지폐를 꺼내줄 마음이 생기지도 않았다. 없다고 말할까 하는 순간, 손끝에 동전 하나가 잡혔다. 50원짜리였다. 줄까 말까 고민하지도 않고 얼른 동전을 봉지 안에 넣었다.

그런데 이게 웬일인가? 동전을 넣자마자 검은 여자는 소지품 검사를 하는 사감처럼 굳은 표정으로 일 초의 망설임도 없이 단호하게 봉지 속 내용물을 확인했다. 곧 나타난 작고 동그란 50원짜리 금속. 봉지 안에 아무것도 들어 있지 않았다는 말인가? 오늘 첫 영업이었나? 아니면 수금한 돈은 그때 그때 챙겨서 저 시커먼 옷 어딘가에 꽁꽁 감춰두나? 임하 씨는 50원짜리가 그렇게나 작으리라곤 그때까지 생각도 못해봤다는 사실을 깨달았다. 볼품없이 작은 50원짜리를 손에 쥔 여자는 임하 씨를 냅다 쏘아보았다. 어찌나 눈매가 날카롭고 화난 감정이 여과 없이 드러나 보이던지 임하 씨는 잘못을 저지른 학생처럼 잔뜩 졸았다.

"씨팔! 야, 이 썅년아. 50원을 주냐? 너나 가져라!"

여자는 임하 씨를 때리고 싶은데 참는다는 듯 동전을 바닥에 쨍— 소리 나게 패대기쳤다. 그러곤 찢어져라 눈을 흘기더니 지린내 섞인 바람을 쌩— 일으키며 임하 씨로부터 빠르게 멀어져갔다.

'에이 씨, 그럼 내가 니들 주려고 일부러 동전을 바꿔서까지 주머니를 가득 채우고 있어야 한다는 거냐? 이것밖에 없는데 날더러 어쩌라고!'

기가 찬 임하 씨는 내버려진 동전을 주우며 억울한 감정을 어쩌지 못했다. 맡겨놨다는 듯 당연하게 구는 꼴이 못마땅했다. 바깥에 부는 칼바람 때문에 지린내도 참아가며 안에 들어와 있었는데. 기분이 몹시 상했지만 자리를 뜨지도 못하고 임하 씨는 내내 오지 않는 사람만 속으로 욕했다.

'똥 밟았어, 똥.'

어느 순간, 씩씩대던 임하 씨는 자기가 주머니 속 50원짜리 동전을 줄곧 만지작거리고 있었음을 알게 되었다. 여자 손에 있던 동전. 더럽고 차가운 바닥에 내동댕이쳐졌던 동전. 왠지 지저분하게 느껴져 만지기를 그만두었다. 불현듯 자기가 반사행동처럼 바닥에 떨어진 50원짜리 동전을 냉큼 주웠다는 사실이 떠올랐다. 어디 쓸 데가 따로 있지도 않은데 왜 주웠을까. 돈이니까 당연히 주웠다. 그런데 50원 가지고 뭘 하지? 라면 한 봉지조차 살 수 없는 돈인데….

조금 전까지도 기가 차서 씩씩거리던 임하 씨가 갑자기 기가 팍 죽어 차가운 벽에 등을 기댔다. 후회가 밀려왔다. 임하 씨는 고개를 숙이고 아무도 쳐다보지 않았다.

'너도 어이없긴 했겠다. 아무리 동냥질로 먹고 산다지만 아무것도 할 수 없는 이따위 50원짜리나 던져주었으니 말이야. 나랑 비슷한 또래 같던데…. 하지만 나도 어쩔 수 없었어. 나라님도 구제 못한다는 가난을 나 같은 가난뱅이가 뭘 어쩌겠어. 그렇다고 뭘 그렇게 욕까지 하냐….'

잘못을 저지르진 않았더라도 어떤 연민이 임하 씨를 붙잡았다.

'없으면 없다고 말을 했어야지. 50원짜리는 주지 말았어야 했어.'

등에서 퍼지는 한기가 체온을 잡아 내리고 있었다. 하지만 임하 씨는 벽에서 등을 떼지 않았다. 대신 뒤통수를 아프지 않을 만큼 살살, 탁—, 탁—, 목탁 두드리듯 벽에다 두드려댔다. 약속한 사람은 한 시간이 넘도록 나타나지 않았다. 어느 길바닥, 버스 안에서 채신머리없이 발이나 구르고 있을 터였다.

(2017. 9. 26.)

삐딱한 임하 씨의 삐딱한 일상 · 25

꼰대

일가친척이 모인 추석.

수십 년 직장생활을 해온 큰아버지, 작은아버지와 큰어머니, 작은어머니가 모인 자리에서 짧게는 1년 남짓, 길어봤자 4년도 못 채운 이십대 직장 새내기 자식이나 조카들이 목청을 높인다.

"아—, 진짜 오십대 꼰대들 알아줘야 해요. 같이 일하기 너무 힘든 존재들이야!"

입이 근질거릴 법도 한데 어쩐 일인지 임하 씨가 잠자코 듣고만 있다.

그러고 보니 여전히 질풍노도 씨와 꼰대에 대해 한바탕 말싸움을 벌인 지 며칠도 지나지 않았다.

"지금 날더러 꼰대라는 거야? 아니, 니들이 말하는 꼰대가 대체 어떤 사람인데?"

"자기 말만 하고, 다른 사람 배려 안 하고. 아, 몰라. 엄마가 직접 찾아봐!"

그리하여 검색한 '꼰대'란?

— 자기 경험을 일반화해서 남에게 일방적으로 강요하는 사람.

— 답답하고 꽉 막힌 회사 생활이라는 불구덩이에 기름을 붓는 존재.

— 꼰대들이 끼치는 부작용에는 창의력 죽이기, 소통이 아닌 불통의 융성, 인재육성의 장애, 결국 조직은 휘청휘청.

— 회사뿐 아니라 학교, 가정 등 모든 조직 내에서 아는 척, 있는 척, 위하는 척 해대는 꼰대질은 이미 호환, 마마보다도 더 근절되어야 할 병집.

자가진단 테스트도 있었다. 임하 씨의 테스트 결과는 스무 개 문항 중 여섯 개. 권고사항, 꼰대의 맹아가 싹트고 있으니 조심하래나 뭐래나….

임하 씨에게 해당된 여섯 개 항목은?

1. 사람을 만나면 나이부터 확인하고, 나보다 어린 사람에게는 무조건 반말한다.

2. 대체로 명령하는 투로 말한다.

3. '인명은 제천이야'라든지 '인생은 그런 거야'라는 식의 진리 명제를 남발한다.

4. 자유롭게 의견을 말하라 해놓곤 나중에 보면 자기가 이미 정해놓은 답을 기다리지도 않고 말해버린다.

5. 남의 연애나 사생활에 대해서도 거침없이 조언하려 들며 오지랖을 떤다.

6. 내 의견에 반대한 사람(후배)은 두고두고 잊지 않는다.

여기에다 여전히 질풍노도 씨가 한 가지를 더 보태주었다.

"제발 누가 말하고 나면 그, '아니, 근데—' 소리 좀 하지 마! 뭐가 '아니, 근데'야? 그냥 '맞아, 네 말이 맞아'라고 할 수는 없어? 남들 말은 다 틀리고 엄마 말만 맞아?"

틀린 데가 있어야 반박을 할 터인데 입이 근질거려도 하는 수 없다. 그런데 자기를 가리켜 꼰대라 할 때는 지나치게 억울해하던 임하 씨도 젊은이들이 늘어놓은 꼰대 상사의 언동을 전해 듣자 혀를 끌끌 찬다.

'쯧쯧, 모르면 가만이나 있던가. 그러니 꼰대 소리를 듣지. … 뭘 배우려는 자세가 돼 있질 않군. 어린 사람 앞에서 창피하지도 않나. 멍청한데다 목소리까지 커요, 무식하기는… 어디서 거들먹거려, 곧 인명사전에 이름 석 자라도 올릴 기세로군. … 뭐? 여자가—라고? 아니, 아직도 직장에서 성차별을 한단 말이야? 이런 돼먹지 못한!'

하지만 속으로만, 속으로만 떠들 뿐이다.

꼰대 성토는 짧게 끝나지 않는다. 임하 씨는 점심때가 되지는 않았는지 괜히 시계를 올려다본다. 언제부터 다정한 사이였다고 다과상 앞에

턱 받치고 서 있는 강아지도 불러본다. 아무리 불러도 임하 씨 쪽으론 눈길 한번 주지 않는 강아지가 괘씸하고 야속하다.

"나는 사무직이 아니라 현장직인 관계로 궂은일은 내가 나서서 다 해. 후배님들한테 잘 보여야지."

큰아버지가 사람 좋게 웃으며 젊은이들의 비위를 맞춘다.

"나는 그래서 가르쳐달라고도 안 해. 후배님들 귀찮으실까봐 궁금해도 참는다니까."

출근하면 위아래에서 쪼이고 채여 등이 굽었다는 작은아버지는 비굴한 표정을 지으며 익살을 떤다.

"나는 계약직이라우. 내가 제일 말석이라—."

큰어머니는 일찌감치 발을 뺀다.

자기 차례가 돌아왔나, 좌중을 둘러보던 임하 씨가 입맛을 쩝쩝 다신다.

"이보시오, 얘들아. 다 내 아버지고 엄마려니 생각하고 측은지심을 좀 발휘해보서. 보기 싫을수록 니들도 곧 늙을 테니 조심하고. 나도 내가 멋진 어른이고 싶었지, 꼰대 소리나 들으려고 열심히 살아온 건 아니었거든. 사람이 늙으면 괜히 추하겠나. 그러니까 그 꼰대들 말이야. 가엾게 여기고 좀 잘해주라고."

임하 씨 말이 끝나자마자 젊은이들이 연습이라도 해온 것처럼 이구동음이다.

"안 그래도 그렇게 마음을 다스리자니 회사에 아버지만 오십 명이 넘고, 어머니도 다양하게 원, 투, 쓰리 꼽는다니까요!"

아차 싶어진 임하 씨가 젊은이들의 말이 끝나기도 전에 자리를 박차고 일어선다. 아까 펼쳐둔 송편이 딱딱하게 굳어질라, 혼잣말을 중얼대며 주방으로 후다닥 걸음을 옮긴다. 송편 찔 솥을 안치고 버릇처럼 냉장고 문을 연다. 눈에 익고 입에 익은 명절 음식이 곳곳에 쌓여 있다. 기억할 수 있는, 아주 어렸을 적부터 먹던 음식. 명절마다 으레 먹게 되는 음식은 한두 끼만 먹어도 물리기 일쑤인데…. 그래도 없으면 허전하다.

'조심하고 또 조심하지 않으면 음식에 길들듯 너희들도 세상에 길들고 만단다. 하지만 이런 이야기도 뻔하다고 듣기 싫어할 테지. 꼰대들이라고 무조건 적대하는 태도도 어찌 보면 꼰대의 전조증상이야. 그래, 욕할 수 있을 때 실컷 욕해라. 그래야 나중에 욕에 허기지지 않지.'

(2017. 10. 10.)

삐딱한 임하 씨의 삐딱한 일상 · 26

집단적 발명

이십대 초반. 점심을 먹고 은행으로 복귀하던 임하 씨는 사진관 앞에 우뚝 멈춰 섰다. 그렇게 잠시 서 있던 임하 씨는 내처 사진관 문까지 빠끔 열곤 안을 살폈다.

"사장니임—."

반쯤 문이 열린 입구에서 들어오지도 않고 얼굴만 들이민 임하 씨를 발견하곤 사진관 사장이 들어오라고 손짓했다. 하지만 임하 씨는 도리질만 하곤 엉거주춤 선 채로 진열장 안의 어떤 사진만 손가락으로 가리켰다.

"저 괴상한 사진 말이에요. 저거 진짜 사진이에요?"

사장이 내다본 지점에는 거대한 인물 사진들 틈에 끼인 이물처럼 작고 낡은 나무 액자가 걸려 있었다. 잔잔하게 파도가 밀려오는 누리끼리한 모래사장에, 어디서 쓸려왔는지 쓰러졌는지 알 수 없는 한 존재가 모로 누워 있다. 바다 저 편으로는 해무가 끼어 아마도 새벽이 아니었을까 싶은데 어쩐지 현실감이 없어 그림처럼 보였다. 하지만 당시엔 사진에 붓으로 색을 입히는 경우도 더러 있었던데다 사진관에 걸렸으니 사진이었을 터.

평소 지나치며 자주 봐왔지만 언제 봐도 눈길을 끄는 사진이었다. 임하 씨는 사진을 볼 때마다 궁금했다. 첫째, 저게 사진일까 그림일까. 둘째, 사진이라면 실재하는 존재를 찍었다는 건가? 셋째, 어쩌다가 저런 존재가 세상에 모습을 드러내게 됐을까. 넷째, 음….

"아, 저거? 일본인가 어디서 누가 실제로 찍은 사진이란 말도 있고, 조작됐다는 말도 있던데 나도 잘 몰라. 그게 궁금했어?"

은행 업무로 거의 매일같이 만나는 동네 사진관 사장은 저런 게 뭐 그리 궁금했을까 하는 표정이었다. 그러거나 말거나 임하 씨의 목소리가 소프라노로 출렁였다.

"실제로 찍은 걸 수도 있다고요? 저런 게 세상에 있을 수도 있다는 말이에요? 어머, 어머, 어머머! … 그런데 잘 모른다면서 저걸 왜 걸어놨어요?"

훗날 임하 씨는 그 사진의 정체를 알게 되었다. 그림을 찍었으니 사진은 사진이었다. 그림의 제목은 〈집단적 발명Collective Invention〉. 자신의 상상력과 지성을 그림으로 나타내 보인 형이상학의 화가 르네 마그리트의 유명한 작품이었다. 그림 속 허구의 존재는 인어다. 흔히 알고 있는 인어와 달리 상반신은 물고기인데 사람의 다리를 가진 기이한 모습이다. 그런데 아무리 봐도 임하 씨의 눈에 그 물고기는 신비로움이 결여된, 마치 식탁에 오르는 생선 같았다. 특히나 괴이쩍은 것은 생선의 머리만 봐서는 이미 죽어 생동감이 없는데 사람의 모양을 한 하체는 여전히 살아 있는 듯한 느낌이라는 사실이었다. 생선 크기의 인어라는 생각이 들자 임하 씨는 혼란스러웠다.

〈루살카Rusalochka〉라는 러시아와 불가리아 합작의 영화가 있다. 어린 처녀가 물에 빠져 죽으면 정령이 된다는 러시아의 민담에 나오는 루살카는 모두가 다 아는 인어의 모습을 하고 있다. 풍성하고 윤기 나는 머리칼과 희고 가느다란 몸매, 길고 우아한 지느러미와 꼬리를 가진 아름다운 동화 속 주인공. 임하 씨는 그 영화를 보고 인어에 대한 신비로운 환상을 키웠다. 누구나 그렇듯 인어는 대개 아리따운 여성이고 (물론 떡 바라진 근육질의 멋진 남자 인어도 있지만) 선원들을 홀려 죽음에 이르게 만든다. 왜냐고? 사람은 물속에서 살 수 없으니까!

그런데 〈집단적 발명〉 속 인어는 긴 머리칼은커녕 섬세하게 움직이는 팔이나 손도 없고 여성을 상징하는 젖가슴은 당연히 없다. 그럼에도 그림 속 인어도 여성이다. 볼록한 배, 굴곡진 둔부, 그리고 움푹 팬 그늘 안쪽에는 여성의 생식기가 자리하고 있을 터이다. 그러나 젖이 없으니 포유류일 리 없고, 그렇다면 둥근 배 속에 자궁이 있을 턱도 없다.

선원들이 거의 남성이고 보면 전설 속 인어도 으레 여성이어야 했으리라. 물 밖으로 드러낼 수 있는 유혹하는 여성의 신체는 어여쁜 얼굴과 가녀린 팔, 그리고 풍만한 젖가슴을 지녀야 했을 테고. 거기에 치명적인 목소리까지 더한다면 어떤 목석 같은 남자일지라도 유혹당하지 않고는 배길 수 없으리라.

그런데 르네 마그리트의 상상 속 인어라면? 수중발레 선수처럼 거꾸로 처박혀 다리만 허우적대며 흔들어대야 한다는 말인가? 용케 체모라도 보여준다면 모를까, 어떤 선원이 그 모습에 홀려 물속으로 자신을 던질지 의문이 아닐 수 없었다.

임하 씨가 보기에 본래 인어는 성을 감정으로 느끼는 사랑과 감각으로 느끼는 에로티시즘을 동시에 작동시켜야 남자를 홀릴 수 있다. 그런데 르네 마그리트의 인어를 보고 누가 사랑을 느낄 수 있을까. 물 밖으로 드러난 여성의 하체를 본 남성 선원은 아마도 포르노를 보는 느낌을 가졌을지도 모른다.

그렇다면 르네 마그리트는 어쩌자고 저런 그림을 그렸을까.

답은 간단하다. 임하 씨처럼 지루하게 생각을 더듬지 않더라도 그림의 제목을 보면 그 의도는 감이 잡힌다. '집단적 발명' 이랬다. 아직까지 없던 무엇을 새로 생각해 만들어내는 것, 그것도 무리 전체가 발명해낸 것. 인어가 바로 그 발명품이다. 세상에는 없는 허구의 존재. 뱃사람들과 뭍에서 그들을 기다리는 사람들이 만들어낸 상상의 존재. 거기엔 모두가 고개를 끄덕일 만한 요소들이 들어 있다. 그런데 화가 르네 마그리트가 그 전형을 뒤집고, 우리의 순수한 상상에 일격을 가한다.

아름다운 인어 공주라는 비현실을 생선머리에 하체만 여성인 정반대의 비현실로 비틀어 엎는 것. 임하 씨는 이 자명한 사실을 다시금 곱씹는다. 관습에 뻔뻔스런 뒤통수 내보이기. 쉬울 것 같지만 이 사회로부터 강요받은, 세계를 대하는 순응의 태도는 말처럼 쉽사리 벗겨지지 않는다.

'내 글을 읽고, 르네 마그리트의 그림을 본 내가 그랬듯 누군가 충격과 혼란에 빠진다면 나는 어떤 기분일까. 왜 내 속엔 이렇게도 많은 확정된 개념들이 철근 콘크리트처럼 견고하게 뿌리박혀 있는 걸까.'

임하 씨는 쓸쓸한 바닷가에 벌거벗은 채 홀로 누워 있는 복제사진 속 애처로운 인어를 골똘히 들여다보았다. 예술에 대한 갈증을 담은 심원한 눈빛으로…. 그러다 문득!

"아니, 근데! 또 모르지! 어떤 짐승만도 못한 놈들이 불만 끄면 여자는 다 똑같다면서 생선머리 아가씨한테 덤벼들지도! 에잇, 끔찍하다, 끔찍해. 퉤! 퉤!"

(2017. 10. 19.)

삐딱한 임하 씨의 삐딱한 일상 · 27

은폐

위낮은청 씨의 아버님과 어머님은 이따금씩 누구 방귀 냄새가 더 독한지 입씨름을 한다. 위낮은청 씨 형제들이 느끼기로는 막상막하인데도 둘은 서로 자기 방귀냄새가 상대보다는 덜 독하다고 믿는 눈치다. 악취측정기를 이용한다면 간단하게 승부를 가릴 수 있을 텐데.

위낮은청 씨의 어머니, 그러니까 임하 씨의 동생은 어려서부터 지독한 방귀 냄새로 자매들에게 원성을 샀다. 같은 음식을 먹고 소화를 시켜도 유독 냄새가 독했는데, 어느 겨울밤에는 임하 씨에게 맞아죽을 뻔한 적도 있었다.

어려서 척추를 다친 임하 씨의 동생은 임하 씨보다 머리 하나만큼

키가 작다. 막내가 임하 씨를 가리켜 "큰언니, 큰언니" 하니까 자기도 따라서 "큰언니"라고 불렀다고는 했지만, 아마도 현격한 키 차이를 무시할 수는 없었을 터. 세상에 하나뿐인 친언니를 "큰언니"라 부를 지경이었으니 임하 씨로부터 얼마나 구박을 받고 자랐을지는 안 봐도 비디오다.

"방귀 뀔 거면 베란다로 나가서 뀌어! 한번만 더 집안에서 방귀 뀌면 내쫓아버릴 거야!"

"추운데…?"

"추워도!"

따뜻한 거실에 모여 앉아 텔레비전을 보는 겨울밤 한때였다. 얌전히 앉아서 텔레비전을 보던 임하 씨의 동생이 냅다 베란다 쪽으로 뛰었다. 이어지는 동작으로 팔부터 뻗어 거실 문을 여는데 찬 공기가 해방군처럼 밀려들었다. 추위에 극도로 취약한 임하 씨였지만 곧 문이 닫히고 더운 공기가 찬 공기를 녹여버리려니 한 치의 의심 없이 기다렸다.

그런데 웬걸? 찬 공기가 사그라지기는커녕 점점 맹위를 떨치는데 엎친 데 덮친 격으로 참을 수 없는 냄새까지 온 집안을 썩히고 있었던 것이다! 임하 씨가 살의 번뜩이는 시선을 투창처럼 던진 곳에는 궁둥이를 문 밖으로 한 자나 빼고, 반쯤 풀린 눈을 게게 뜨고, 사람 하나 드나들 만큼만 열어놓은 틈새에 낀 임하 씨의 작달만한 동생이 부동자세로 엉거주춤 서 있었다.

"내가 밖으로 나가라고 했잖아! 더운 공기는 위로 빠지고 찬 공기는

낮은 데로 밀고 들어오는 거 몰라서 그러고 있는 거야? 너! 진정 오늘까지만 살고 싶은 게냐?"

그날, 임하 씨의 동생은 팔뚝과 등짝의 육질이 노글노글해지도록 매타작을 당했다.

아직까지 처형 앞에서 방귀를 트지 않은 위낮은청 씨의 아버님. 임하 씨는 무조건 동생의 방귀 냄새가 더 지독하다며 제부의 손을 들어줬다.

"언니가 못 맡아봐서 그러는 거야. 누구든 한번 맡아본 사람은, 이 냄새가 정녕 사람에게서 나는 냄새란 말인가? 한다니까—."

그러면서 위낮은청 씨의 어머님은 이야기를 시작했다.

위낮은청 씨의 아버님이 대학원에 다니던 시절. 동기의 하숙집에서 동아리 모임이 있었다. 동기의 방은 1층이었고, 거리를 향해 작지 않은 창이 하나 나 있었다. 때는 한여름, 비좁은 방에 장정들이 가득 차니 땀내와 체취가 섞여 모두가 곤혹스러운 처지였다. 그래도 공부하려는 열의로 끈끈함과 불쾌한 냄새를 견디며 진지한 분위기를 만들어 나갔다.

그러던 중 난데없이 어디선가 나타난 악마의 냄새가 온 방을 점령했다. 사람들은 저마다 코와 입을 틀어막았고, 군대 시절의 악몽 같던 화생방훈련을 떠올렸다. 난처해진 방 주인은 잽싸게 몸을 날려 창문을 닫았다. 안채로 이어진 방문은 견고하게 닫혀 있었고, 그들은 여름 낮의 찜통 같은 열기 속에 꼼짝없이 갇힌 꼴이 되고 말았다.

"아, 아까 보니까 요 앞 거리에서 하수관 공사를 하던데 아무래도 거기서 나는 냄새 같아요. 좀 덥지만 창문 닫고 있는 게 낫겠지요? 냄새가 너무 역해서….”

몇 사람이 고개를 주억거렸고, 몇 사람은 잠자코 코만 틀어막았다. 그 중 위낮은청 씨의 아버님만은 유난히도 아무 흐트러짐이 없었고 대신 눈에 띄게 땀만 줄줄 흘려댔다.

아무도 의심하지 않았다. 아무도 그 냄새가 사람의 속에서 나왔으리라는 혐의를 떠올리지 못했다. 온갖 생활폐수와 살았던 것, 맛있었던 것들이 죽어 썩어가는 냄새라고만 여겼다. 오직 한 사람만 그 냄새의 진실을 알고 있었다. 하지만 그 누구도 먼지 한 톨만치의 의심조차 하지 않던 그 방의 분위기는, 진실을 알고 있는 그 한 사람에게 오히려 '네가 알고 있는 진실을 배반하고 은폐해야만 한다'고 강력히 명령하는 것이었다.

그리하여 위낮은청 씨의 아버님은 숲속의 적군처럼 은폐隱閉하고 있어야만 했다! 진실의 무게에 짓눌린 참담한 고독의 육수를 뚝뚝 흘리면서.

눈물을 찔끔거리며 박소하던 임하 씨가 주섬주섬 말을 옮겼다.

“아니, 그래도 그렇지. 하하…. 그 더위에 사람들을 고문하는 것도 정도가 있지. 하… 그렇게 창문을 꾹 처닫게 하는 법이 어딨어? 자기 죄를 고백하고 창을 열었어야지! 아이고, 하하….”

“사람의 냄새가 아니라니까…. 너무 더워서 창문을 열고 싶은데 하도

냄새가 빠지질 않으니까, 틀림없이 밖에서 냄새가 새어 들어오는 거다 믿고는 아무도 그 말을 하질 못했다잖아. 내 방귀 냄새는 댈 것도 아니라니까….”

(2017. 10. 24.)

삐딱한 임하 씨의 삐딱한 일상 · 28

구멍

다섯 살 터울인 막내여동생이 태어나기도 전이었으니 임하 씨 나이는 네 살에 불과했다. 척추를 다친 동생이 편편한 바위 위에서 찡그린 채 누워 있던 모습을 쉰이 된 임하 씨는 지금도 기억한다. 임하 씨보다 겨우 두 살 많은 막내이모를 데리고 네 가족이 계곡으로 물놀이를 갔던 때였다. 임하 씨의 부모는 인상을 잔뜩 구기고 모로 누운 작은딸의 사진을 찍는다며 법석을 떨었고, 여섯 살 이모와 네 살 조카는 얕은 물속에 얌전히 앉아 그 모양을 구경했다.

임하 씨가 앉은 자리엔 크고 작은 돌들이 많았다. 넓적한 돌 위에 앉아 있던 임하 씨는 엉덩이가 배기자 자리를 옮기고 싶었다. 그래서 마땅한 자리가 있는지 맑은 물속을 훑었다.

그리곤 보았다.

이모와 자기가 앉은 곳에서 불과 팔꿈치 하나쯤 떨어진 곳에 물이 회오리를 치며 빨려 들어가던 이상한 광경. 어린 임하 씨는 주먹 쥔 두 손을 아랫배에 갖다대고 잔뜩 웅크린 채 몸을 구부려 앞으로 내밀었다. 바짝 눈을 뜨고는 초점을 맞춰 물이 빨려 들어가는 지점을 응시했다. 그런데도 물살 탓에 그 아래 뭐가 있는지 잘 알아볼 수 없었다. 그곳에 온통 관심이 쏠린 임하 씨는 저도 모르게 굽힌 한쪽 다리를 뻗어 그쪽으로 다가갔다. 물 표면에 얼굴을 평행으로 기울여 휘감아 도는 물살 아래를 내려다보았다.

거기에 구멍이 있었다.

구멍은 크지 않았지만 캄캄했다. 캄캄했으나 물빛을 받아 번뜩거리는 어두움이었다. 그 구멍을 통해 물이 원을 그리며 빠른 속도로 빠져나갔다곤 해도 임하 씨가 통과하기엔 턱없이 작은 크기였다. 그런데도 임하 씨는 겁에 질려 부리나케 제자리로 돌아와 앉았다. 그리고 아빠가 손을 잡고 아예 다른 데로 데려가기 전까지 임하 씨는 조각상처럼 굳은 자세로 그 구멍만 쳐다보았다. 입술은 금세 파랗게 질렸지만 곁에 앉은 이모든 떨어져 있는 부모든 아무도 부르지 않았다. 그저 거기 앉아서 그 구멍이 어느 순간 커다랗게 입을 벌려 자기가 앉은 자리까지 감쪽같이 집어삼키지나 않을까 겁먹고 있을 뿐이었다.

성장하면서 임하 씨는 기억 속에서 이따금씩 그때의 그 구멍이 불쑥 나타나는 것을 보았다. 아직 어린 시절, 임하 씨는 그 구멍이 어딘가 다른 세계로 통하는 문이었을지도 모른다고 상상했다. 더 자라서는 왜 그토록 작은 구멍을 두려워했는지 헛웃음을 쳤다. 어른이 되어서는 그깟 구멍 따위가 지워지지 않는 게 이상하다 싶었다. 그리고 더 나이 들어 늙어가는 지금, 임하 씨는 네 살밖에 안 된 어린 자신이 왜 그 구멍을 겁냈는지 궁금해졌다. 아직 죽음이 무엇인지 알지 못했을 나이 아닌가.

쉰 살 임하 씨가 네 살배기 임하 씨에게 물어볼 도리는 없다. 그 아이는 전혀 다른 존재라도 되는 양 머나먼 시간 속에서 산다. 다섯 살인가, 그 무렵 제 할아버지가 돌아가셨을 때도 할머니가 왜 저렇게 울부짖으며 춤을 추는지 이해되지 않는다고 했으니 죽음을 알고 있었을 가능성은 희박하다. 따라서 네 살배기 임하 씨에게 그 구멍은 죽음의 의미가 될 수 없었다.

임하 씨는 구멍이 떠오를 때마다 과거 자신이 느꼈을 감정들을 다시 느끼려 애썼다. 구멍과 어둠. 무엇이든 제 안으로 빨아들이는 어마어마한 식욕을 가지고도 그 구멍은 언제나 캄캄한 어둠, 그 자체였다. 그리고 빛! 검은 표면에서 순간순간 번뜩이는 빛은 날카롭고 섬뜩하다. 그것은 딱딱하게 굳어버리거나 결코 사라질 수 없는, 살아 있는 무엇이었다.

죽음 자체는 몰랐더라도 네 살배기 임하 씨는 분명 그 검은 구멍을 두려워했다. 너무 겁이 나서 감히 누구를 부르지도, 그 사실을 밝히지도 못했다. 물처럼 그 속으로 빨려 들어가고 나면, 자각하지는 못했더라도, 밝은 이 세계와는 완전히 다른, 아무도 자신을 구해내지 못할 절대의 세계로 영원히 옮겨가고 말리라는 사실을 어렴풋이 느끼고 있었을지도 모른다. 확실치 않은 자각도, 거기서 비롯된 두려움도 결국은 본능이다. 위기가 닥치면 그 상황을 모면해 남은 날을 더 살아가도록 하기 위해 우리에게 주어진 생존본능 말이다.

하지만….

살아 있는 포식자처럼 구멍이 저절로 커져서 사람을 집어삼키는 경우란 없다.

세상에 많고 많은 구멍들. 세상에는 그처럼 우리가 절대 알지 못할 것들로 넘쳐난다. 그 구멍 앞에서 누구는 네 살배기 임하 씨처럼 꼼짝달싹 못하고 그 자리에 얼어붙기도 하고, 누구는 손도 넣어보고 걸음을 헛디뎌 발이 빠지기도 하고 또 아예 그 구멍 안으로 영원히 사라지지도 한다.

하지만 어떤 구멍은 구멍인 채로 한동안 떨며 그냥 들여다보기만 하는 게 낫다. 어느 틈엔가 구멍의 실체를 확인하는 순간 두려움의 크기만큼, 아니 그보다 더 거대한 슬픔에 망연자실해질지도 모르니까.

병원 문을 나서 채 몇 걸음 걷기도 전에 엄마는 발걸음을 돌리기 일쑤였다고 회고했다. 의사들은 척추를 다친 동생에게 큰 기대를 걸지 않았지만 엄마는 딸을 살리려고 안간힘을 썼다. 구멍과 함께 임하 씨에게 자주 떠올랐던 기억은, 천장에 매달린 줄에 아기인 동생의 발목을 묶어 거꾸로 매달아놓은 장면이었다. 척추를 세우기 위한 치료법 중 하나였을 텐데 공포영화 속 한 장면처럼 그 기억은 걸핏하면 임하 씨에게서 진땀을 뺐다.

동생을 업고 병원으로 매일 들락거리기도 힘에 부친 엄마는 임하 씨를 시골 외가에 맡겼다. 어느 밤, 딸을 만나러 온 아빠의 무릎을 베고 이번엔 절대 혼자 가면 안 된다고, 자기도 데려가라고 울며 임하 씨는 전에 없이 떼를 썼다. 아직 어린 큰딸이 가엾어진 아빠는 임하 씨를 품에 안았다.

"집에 돌아가거든, 정화야. 잘 알지? 절대 엄마 화 돋우지 말고 얌전히 있어야 한다. 알았지?"

이른 새벽녘, 아빠는 대문을 두드렸다. 문 열어줄 엄마를 기다리는 그 잠깐 사이, 임하 씨의 심장은 사형장의 북처럼 두방망이질 쳐댔다. 임하 씨의 손을 잡은 아빠의 손에서도 힘이 느껴졌다.

이윽고 대문이 삐거덕 열렸다. 잠을 설친 엄마의 얼굴에서는 어떤 삶의 의욕도 찾아볼 수 없었다. 겨우 스물을 갓 넘겨 한창 싱그러웠어야 할 엄마는 기운이 다 빠져 퀭하고 수척하기만 했다. 창백해진 엄마의 얼굴을 보면서 어린 임하 씨는 잠시 잠깐 기대를 가졌다. 어쩌면 혹시….

"응? 애를 왜 데리고 왔어? 날더러 어쩌라고! 데려가, 당장 도로 데려가라고!"

아빠가 대문간에서 울먹이는 아내를 달랠 동안 어린 임하 씨는 엄마를 한번 부르지도, 선 자리에서 발을 떼지도 않았다. 아빠가 자기 손을 잡고 다른 데로 데려가주기까지는 절대로, 이 자리에서 움직여선 안 된다는 사실을 본능으로 아는 듯이.

새벽, 검은 구멍들이 사방에서 이빨을 딱딱 부딪고 있었다.

(2017. 10. 31.)

삐딱한 임하 씨의 삐딱한 일상 · 29

나만 안 바빠

"사람은 어려서부터 자기의 명예와 재물과 친구 (…)을 돌보도록 의무 지워진다. 사람은 갖가지 용무와 언어와 습득과 훈련에 시달린다. 그리고 자기의 건강과 명예와 재물, (…)이 좋은 상태에 있지 않으면 자기가 행복할 수 없고 그 중 하나라도 잘못되면 불행해진다는 것을 배운다. 그리하여 날이 새자마자 그들을 소란 떨게 하는 직무와 일들을 그들에게 떠맡긴다. '이렇게 해서 그들을 행복하게 하다니 참으로 묘한 방법이다. 그들을 불행하게 만드는 데 이보다 더 좋은 방법이 있을까'라고 당신은 말할지 모른다. 뭐라고? 더 좋은 방법이라고? 그들에게서 이 모든 일거리를 걷어가기만 하면 된다. 그렇게 되면 그들은 자기를 바라볼 것이고 자기가 무엇인지, 어디서 와서 어디로 가는지를 생각할 테니까 말이다. 그러니 아무리 그들에게 일거리를 맡기고 마음을 다른 데로 돌리게 해도 지나치지 않는다. 이것이 또한 그들을 위해 그 많은 일들을 준비한 다음에도 잠시 쉴 틈만 생기면 즐기고 놀고 항상 전적으로 열중하는 데 이 여가를 사용하라고 권하는 이유이기도 하다.

인간의 마음이란 이 얼마나 공허하고 오물로 가득 차 있는가."

『팡세』를 읽던 임하 씨가 이 대목에서 고개를 여러 차례 끄덕였다. 평소 자신의 생각과 일치하는 우군을 만났다는 듯이.

임하 씨와 친하게 지내는 주변 사람들은 말한다.

"네 팔자가 제일 좋아."

임하 씨도 대답한다.

"맞아. 내 팔자가 제일 편해."

무슨 뜻일까? 모두가 눈코 뜰 새 없이 바쁜데 오직 임하 씨만 빈둥거려서 나온 말이다. 그래서 임하 씨는 궁금하다.

'나는 매일매일 시간이 남아돌아서 심심해 죽겠는데 남들은 왜 하나같이 바쁠까. 왜 나처럼 빈둥대는 사람이 하나도 없지? 이상하다, 이상해.'

직장에서 업무에 치이고, 해도 티 안 나는 집안일을 반복하고, 사람들을 만나고, 여행하고, 공부하고, 운동하고, 뭘 배우러 다니고, 놀러 다니고, … 그리고 잔다.

임하 씨가 짚어봐도 바쁘긴 굉장히 바쁜 일상이다. 그런데 이렇게 잘 이해를 하다가도 늘 그렇듯 한순간 고개가 삐딱해진다.

'그 모든 게 그리도 서둘러 끝마쳐야 할 정도로 급한 일인가? 꼭 바쁘게 해야만 하는 위중한 일일까? 혹시 그렇지 않은데도 자신을 한가하도록 내버려두지 않으려는 어떤 의도가 숨어 있진 않을까?'

구체적인 질문. 이미 임하 씨 속에서 상당한 의심이 발동했다는 증거다. 어떤 의심? 그들이 하는 모든 일이 꼭 바쁘게 해야 하는 일은 아닐 거라는 의심.

'바쁘다, 바빠!'를 입에 달고 사는 모습 속엔 어떤 꾸밈이 있다. 남들에게 자기가 늘 바쁜 사람으로 보여야 한다는 꾸밈. 혹은 자기 자신에게 자기가 아무 일도 안 하며 시간을 축내는 게으름뱅이가 아니라고 증명해보여야 하는 꾸밈.

일이 많아서 다른 틈을 낼 겨를이 없다거나 몹시 급해서 이 일에만 매달려야 한다는 '바쁘다'라는 말은, 어쩌면 진짜 바빠서가 아니라 그저 습관처럼 생각 없이 내뱉는 말일 수도 있다. 차분하게 앉아서 수업을 듣거나 친구들과 재밌는 수다를 떨거나 잠을 자거나 여유롭게 저녁을 준비하거나 텔레비전을 보는 일 등이 모두 그렇게 바쁜 일상일 리는 없으니까.

아니면, 일일이 다 설명하기 귀찮아서 '바빴다'는 말 한마디로 대충 넘기려는 의도일 수도 있다. 하지만 이 경우에도 실상은 '바쁘다'와는 거리가 먼 상황이었을 수도 있다.

결국 항상 바쁘진 않다는 얘기다. 그런데도 모두들 바쁘다고 노래 부른다. 그리고 임하 씨가 지켜보기에도 그들은 한결같이 바쁘다. 한 가지 일을 끝내면 대기하고 있던 다른 일들을 처리해야 하니까.

그렇다면 왜 바빠야만 하나? 바빠서 죽겠다고 울상을 지으면서도 바쁘지 않게 일정을 조절하지 않는 이유는 뭘까. 임하 씨가 묻자 사람들은 이렇게 말한다.

"먹고 살아야 하니까. … 언제 해도 해야 할 내 일이잖아. … 아무것도 안 하면 뭘 해?"

"그냥 잠시라도 좀 쉬면 안 되나. 빈둥빈둥 생각하고, 데굴데굴 생각하고, 멍하니 생각하고."

그들은 모두 고개를 가로젓는다. 그럴 수 없노라고. 그러고 싶지 않다고.

물론 짬을 낼 수 없을 지경으로 생업에 쫓겨 땀에 옷이 젖도록 일에 파묻혀 사는 사람도 많다. 그런 사람들에게 임하 씨는 죄스럽다. 혼자만 팔자가 너무 편해서.

하지만 바쁘다는 모든 사람이 생업에 쫓겨 살지는 않는다. 그들은 하루 벌어 하루 먹고 살아야만 하는 절박함 때문에 피로도 잊고 바쁘게 사는 게 아니다. 그렇다면….

오늘 임하 씨는 『팡세』를 읽었다. 그리고 왜 사람들이 바쁘게 살아야만 하는지에 대한 파스칼의 말을 보았다. 고개를 끄덕이던 임하 씨는 이내 펜을 꺼내들고는 그 말에 굵게 밑줄을 긋고 또 빈 곳에 별을 다섯 개나 그렸다.

넋 놓고 앉아 뭔가를 한참 생각하나 싶던 임하 씨가 동그랗게 뜬 눈을 위로 치켜뜬다. 같은 박자로 껌뻑거리는 눈이 뻐끔, 뻐끔 생각의 심호흡이라도 하는 듯 보인다.

"하지만 말이야. 파스칼 말대로라면 바빠 죽겠는 사람들보다 심심해 죽겠는 내가 더 불행하다는 얘기가 되는데…. 그렇다면 남아도는 이 시간, 심심해서 빈둥대는 이 시간이 나의 공허와 오물이란 말이야? 오! 이런, 이런…."

난감한 표정의 임하 씨가 뇌에 자극이라도 주려는 것처럼 제 이마를 손으로 벅벅 문지른다.

(2017. 11. 7)

삐딱한 임하 씨의 삐딱한 일상 · 30

오작동의 작동

때는 저녁과 밤의 어느 사이쯤. 소음처럼 툭툭 끊기며 시작된 사이렌이 아파트 한 동을 엥— 엥— 헤집는다. 동시에 화재대피안내방송이 이어진다.

화들짝 놀란 임하 씨. 퍼뜩 든 생각, 소피(15년 지기 가족견)만 안고 냅다 뛰쳐나가기. 아니다. 지갑도 들고 나가야겠다. 그런데 옷이? 수 초 사이에 이런 생각들을 하면서 몸을 움직이던 임하 씨가 주춤한다.

'아, 귀찮네….'

잠옷 갈아입을 생각이 미치자 슬며시 의심이 고개를 쳐든다.

'아니, 근데. 왜 계단에서 시끄러운 화재 종소리가 안 나지? 밖에서 불이야 소리도 안 나고. 어디….'

주방 창 쪽으로 걸어간 임하 씨가 앞에 보이는 아파트 건물을 훑는다. 어디서든 불이나 연기가 나면 분명히 누군가 베란다에서 구경을 하게 마련이다. 그런데 아무도 없다! 이미 대피한 아래층 사람들이 주차장에서 웅성거기라도 해야 할 텐데, 누가 발로 찼는지 어느 차에서 삐삐거리는 경적 소리만 요란할 뿐이다.

앉았던 자리로 돌아온 임하 씨는 방바닥에 궁둥이를 붙이며 기다려보자고 생각한다. 5분이나 지났을까. 어느 라인에서 발생한 화재경보기의 오작동이니 안심하라는 방송이 들린다. 그리고 10분쯤 지나 다시 화재대피방송이 울려 퍼진다.

'양치기 소년이 따로 없군. 한번 더 울리고 만약 진짜 불이라도 난다면 그땐 제대로 대피하긴 그른 거네.'

그런데 화재대피방송은 이미 화재 발생에 대한 확인을 마친 후에 내보내기 때문에 듣는 즉시 대피하지 않고 임하 씨처럼 뜸들이며 본인이 굳이 뭘 확인하겠다고 나섰다가는 낭패 보기 십상이다. 그런 사실을 잘 아는 임하 씨도 다음엔 옷 갈아입기는 집어치우고, 소피부터 안은 다음 지갑이랑 자동차 키만 들고 야무지게 뛰기나 하자고 마음먹는다.

여전히 질풍노도 씨가 국가고시에 대한 모의고사를 치르던 교실. 갑자기 사이렌이 울리더니 불이 났다, 대피해라, 방송이 요란하더란다. 복도를 살피니 우왕좌왕하는 낌새라고는 하나도 없고, 교수나 직원들은 코빼기도 안 보이는데다 동료 학생들조차 아무 일 없다는 듯 시험 문제 푸는 데만 집중하고 있더라나. 몇 번 두리번거리다가는 자기도 시험에 열중했다면서 임하 씨에게 문자를 날렸다.

— 진짜 불이면 어쩌려고 다들 꼼짝도 안 하는지 몰라. 게다가 대피 방송이 잘못 나갔으면 오작동이니 안심하고 시험이나 보라는 교수나 직원의 안내가 있었어야지, 이건 뭐….

모녀가 한참 동안 문자를 주고받고 난 뒤였다.

"불이 났다니 젊은 애나 늙은 나나 모두 살겠다고 도망할 궁리부터 하네. 젊은 애야 살날이 창창하니 그렇다 치고, 늙고 병든 나는, 똑같이 늙고 병든 소피를 안고 지갑까지 챙겨서 도망치려고 했으니, 진짜 그렇게나 살고 싶었던 걸까?"

혼자 쓰게 웃던 임하 씨. 난데없이 화재경보기의 오작동이 작동시킨 것은 무엇일까 궁금해졌다. 분명히 무언가를 작동시키긴 했다. 화재경보기가 오작동했을 때만 해도 임하 씨는 소피만 떠올렸다. 평소 소중히 여기던 장서들은 안중에도 없었다. 귀금속이나 작품들이 들어 있는 USB와 노트북도 떠오르지 않았다.

소피만 안고 나갔다가 다시 집으로 들어오지 못할 상황에 대비한 게 고작 지갑이었다. 그리고 1초나 2초 뒤 생각해낸 게 외투, 그러다가 잠옷을 갈아입느냐 마느냐 하는 허튼 생각에까지 이르고. 자동차 키는 모든 비상상황이 종료되고 한참 지나서야 나타났다. 여러 사람이 이용하게 될 대피소든 일반 숙박업소든 개를 데리고 갈 수는 없을 테고, 그렇다면 자동차로 급한 불이라도 끄자는 심산이었다.

그때 불현듯 훅 끼쳐오는 생각 때문에 임하 씨는 착잡해졌다. 굳이 그리 다급하게 뛰쳐나갈 필요가 있을까. 삶에 그리도 큰 미련이 남았더란 말인가. 소피도 긴 병으로 지쳐 있지 않나. 일부러 죽으려고 남아 있다가 소방대원이나 가족들을 힘들고 어렵게 만들자는 얘기가 아니다. 허겁지겁, 코앞까지 당도한 죽음의 불길이 두려워 혼이야 빠지든지 말든지, 나 살려라 도망치는 모습을 상상하자니 너무 우습고 한심하다는 생각이 든 탓이었다.

본능이겠지, 그래, 본능이란 사실을 임하 씨도 알고는 있었다. 따지고 보면 내일 사형 당할 죄수가 오늘 독방에서 목을 매 자살하는 거나 임하 씨가 입버릇처럼 말하던 '전쟁 나서 죽게 되면 나는 아예 누구보다 먼저 총 맞아 죽을 테야. 죽을 때까지 겪어야 할 그 모든 공포와 불안을 감당하느니 차라리 일찌감치 죽는 게 나아'라는 것도 실은 화재경보기가 울리자 아무것도 생각할 겨를 없이 부리나케 도망치는 것과 마찬가지인 셈이다.

생존본능이 단순히 무조건 살고 보자는 본능만은 아닐 수도 있지 않을까. 임하 씨는 아주 오래 전 보았던 끔찍한 영상 하나를 기억해냈다. 도망치는 흑인과 총을 쏴대는 흑인이 있었다. 도망치던 흑인이 당구대 밑으로 미끄러지듯 몸을 날려 총알로부터 숨고자 했으나 그곳은 누구나 알다시피 피할 데가 아니었다. 사방이 뚫려 그 무엇도 지킬 수 없는 들판과 다르지 않았으니까. 그저 공포로부터, 불안으로부터 등을 돌려

힘껏 뛰는 게 생존본능 아닐까. 대개는 죽음의 공포와 불안이겠으나 가끔은 죽음보다 죽음에 이르기까지 자신을 덮칠 막막한 공포와 끈질긴 불안으로부터 피하려는 그러한 본능 말이다.

"그렇다면 내가 질기게 살려고 대피하려던 건 아니었다고 봐도 되겠군. 불은 하여튼 무서우니까. 겁쟁이는 맞지만, 더 오래 살려고 도망치려던 건 아니라고 해두자. 살려고 기를 쓴다고 생각하면 내가 너무 허접하게 느껴지니까 말이야. … 아니, 근데 … 그게 또 허접하기까지 할 건 뭐지? 왜 그런 생각이 굳어버린 거지? 흠…."

(2017. 11. 23.)

4장

2017도 등을 보이고, 또다시 낯설고도 익숙한

작가의 언어, 그리고 작품

언어가 사회적 산물임은 누구나 알고 있지만 개인으로서 느끼는 결핍감이 언어의 발명을 이끌었다는 사실을 아는 사람은 드물다. 이 사실은 아이의 초기 행동에서 잘 드러난다. 자신의 욕구가 제대로 충족되지 않으면 아이는 다른 사람의 관심을 끌기 위해 다양한 형태의 언어를 사용한다. 다시 말해 다른 사람의 관심이 필요 없다면 아이는 굳이 언어를 사용하려고 노력하지 않을 것이다.

— 알프레드 아들러

이 주장을 조금만 비틀면, 언어를 사용하는 모든 작가는 타자의 관심을 끌기 위해 창작을 한다는 말도 성립 가능하다. 이 경우 어느 누구도 예외가 될 수 없다.

따라서 아래와 같은 문장도 성립 가능하다.

아이의 초기 행동을 바탕으로 끌어낸, 언어를 통한 작가의 창작활동.

오! 그의 고귀한 예술작품이 이렇듯 단순한 원인으로 탄생했다는 것인가?

진정 모든 문학작품이 고작 결핍이 빚어낸 아우성이란 말인가?

그렇다면 음악이나 미술, 건축과 예술 이외의 모두를 아우르는 기타 학문은? 그 모두가 기껏해야 추상 언어, 즉 언어가 추상의 형태로 변형된 것에 불과하다는 말인가?

잠깐! 위에 언급된 '발명'과 '초기'를 잊은 건 아니겠지?

결핍에서 추동되었다 해도 그것은 초석이고 뿌리일 따름이다.

무한한 공중을 향해 자라는 것, 기초 위에 탑을 쌓는 것은 그 다음에 오는 중요한 문제이다. 그리고 성장의 원인과 동력은 결핍보다는 조금 더 복잡하고 분분할 수 있을 터이다.

(2017. 12. 2.)

드 퓌시 씨와 재채기

전직 장관인 그는 과거의 인물인 동시에 앞날도 창창했다. 그는 주기적인 공포의 발작으로 고통받고 있었는데 크리스티 안센 박사는 그 증세를 '월경'이라고 이름 붙였다. 그는 이따금 자신이 부식되어 주변에 작은 움직임만 있어도 가루가 되어 스러져버릴 것 같은 상상에 휩싸였다. 모든 것이 침식되고 소모되고 내부에서부터 삭아버려 한 줄기 바람만 불어도 가루가 되어 날아가 없어지는 것처럼 여겨졌다. 그런 증세는 포르투갈 사태 이후에 훨씬 심각해졌는데, 그로서는 그 참상을 이해할 수 없었던 것이다. 그는 가루가 물에 닿으면 진흙이 될까봐 욕조 목욕을 거부했다. 그가 폭삭 주저앉아 티끌로 사라지지 않게 하기 위해 그의 옆에서는 발끝으로 걸어야 했고 숨을 참아야 했다. 그런 상태인 그가 연설을 할 때면 군대나 경찰이 배치되어 그의 근처에 사람이 접근하고 접촉하는 것을 막아야 했다. 간호사는 그의 온몸을 미라처럼 붕대로 감아야 했다. 그런 다음에야 그는 자신의 몸이 단단하다고, 가루가 되어 스러지지 않으리라고 안심할 수 있었다. 하지만 그의 발작은 결코 오래 가지 않았다. 여론조사 결과가 그의 신실함과 신뢰성을 확인해주었던 것이다. 그럴 때면 그는 자신이 정말이지 견고하게 존재하고 있음을 확신할 수 있었다. 드 퀴시 씨가 바로 그 사람으로, 유권자나 대중매체에 적당한 잘 생긴 얼굴을 하고 있었다. 화면에 나온 그는 적절한 조명의 도움을 받아 생기 있어 보였다. 그는 한동안 그런 모습을 유지할 수 있었고, 그에게 필요한 것은 그뿐이었다.

그를 볼 때마다 나는 재채기를 해서 그에게 공포를 불러일으키고 싶은 생각이 들곤 했다.

에밀 아자르의 장편소설『가면의 생』중 한 꼭지.

드 퀴시 씨는 지금은 장관이 아닌 전직 장관이었다. 자신이 가루가 되어 스러져버릴 것만 같은 공포는 포르투갈 사태 이후 심각해졌다고 했다. 포르투갈 사태란 어떤 상황을 말하는가? 확실하진 않지만 아마도 안토니우 드 올리베이라 살라자르 총리가 36년의 독재 끝에 낙마 사고로 의식불명이 되고 1968년 9월 면직된 사태를 가리키지 않나 싶다.

장관직에서 물러난 그가 '월경'이라는 발작을 끝낸 계기는 다름 아니다. 바로 여론조사의 결과표. 대중이 자신을 잊지 않았을 뿐더러 그의 신실함과 신뢰성을 여전히 믿어준다는 그 결과표가 그를 적당히 잘 생긴 얼굴로 적절한 조명을 받아 생기 있는 모습을 하고 화면에 나설 수 있게 해준 것이었다.

에밀 아자르는 빌빌대는 드 퀴시 씨를 향해 재채기를 해주고 싶어했지만 발작에서 회복된 전직 장관 앞에서 그의 재채기 따위는 이제 아무런 영향력도 끼칠 수 없을 터였다.

타인의 관심을 받고자 하는 마음은 인간의 자연스런 욕구 가운데 하나이다. 하지만 그럼에도 불구하고, 우리는 간혹 허풍선이 뮌하우젠 백작이나 드 퀴시 씨 같은 사람을 보면 장난삼아 한껏 재채기를 해주고 싶어진다. 우리의 재채기로 그를 공기 중에 흩어버리기 꼭 원해서라기보다는 그저….

(2017. 12. 1.)

삐딱한 임하 씨의 삐딱한 일상 · 31

저 산 가는 길

임하 씨가 말했다.

"노인 자살률이 OECD 1위라는데, 경제성장만큼이나 전례 없이 수명이 길어지다 보니까 이런 1위도 다 해보고. 나도 죽어지지 않고 너무 오래 살게 되면 아직 수족 멀쩡할 때 알아서 가야할까 봐. … 그런데 말이야. 앞으로 살날이 많은 자식들 얼굴을 생각하면 죽는 것도 쉽진 않겠어. 남들 의식 않고 저 혼자 살 수는 없는 세상이잖아."

가만 듣고 있던 루비콘 씨가 말했다.

"그 문제, 나는 그렇게 보지 않아. 힘들어질 자식 생각해서 죽고 싶은데 참는다? 그건 아닌 것 같아. 너도 지금이야 때 되면 죽을 거다 쉽게 말하지만, 사실 사람들이 모진 삶을 죽지 않고 살아내는 건 죽기가 너무 무섭기 때문이라고 봐. 그래서 하는 말들이, 죽을 그 힘으로 살아봐라, 하는 거잖아. 죽기가 그만큼 힘들다는 거지."

임하 씨가 고개를 끄덕였다.

"그도 그렇다. 왜, 〈죽여주는 여자〉에서 보면 풍 맞은 노인이 윤여정한테 자기를 죽여달라고 부탁하잖아. 산꼭대기까지 올라갈 힘이라면 스스로 뛰어내려도 될 텐데 혼자는 못하고 윤여정더러 자길 밀어달라고 한 걸 보면 죽기가 그렇게 두렵고 힘든 거겠지. … 그런데 말이야. 보통 자식들이 들어가야 한다고 하면 암말 않고 따라들어가는데 어떤 분은 자식들이 아무리 설득을 해도 싫다고 해서 몇 번이나 요양원을 잡아놓고도 무산되고 그랬다는 거야."

루비콘 씨가 미간을 잔뜩 찌푸린 채 말했다.

"너 요양원 가본 적 있어? 없지? 거기가 끔찍한 건 다른 게 아니야. 한 번 들어가면 다신 나올 수 없고, 바깥과 완전히 차단된 채 죽기까지 기다리는 시간들뿐인 거잖아. 상상해봐, 얼마나 비참할지. 그런 델 누가 들어가고 싶겠어? 물론 대개는 자식이 원하니까 고려장이다 생각하고 말없이 들어가지. 그런데 간혹 안 가겠다 버티는 분이 있기로서니 그걸 욕할 순 없지 않아?"

임하 씨가 눈을 끔뻑거렸다. 내가 지금 욕을 한 건가? 고려장이 싫다고, 지게에 안 오르겠다고 했대서 그들을 욕한 건가? 죽음이 두려운 건 생명 있는 모든 것들의 본능일 텐데, 죽기 싫다 했다고 내가 지금 그들을 비난하는 건가?

어느 요양보호사에게서 전해들은 이야기 하나.

한 할머니가 있었다. 할머니는 요양원에 들어와 다른 할머니들과 방을 함께 썼다. 지금 한 침대는 비어 있다. 함께 기거하던 할머니가 얼마 전 세상을 떴기 때문이다. 그리고 또 한 할머니도 요 며칠 상태가 좋지 않았다. 쌕쌕거리는 숨소리는 듣기 싫었다. 방을 바꿔달라고 몇 번 사정을 해봤지만 보호사들은 네네, 건성일 뿐이었다. 죽음의 강물이 숨구멍에 들어차 꼴깍꼴깍 숨이 넘어가는 것 같아 너무 듣기 싫다는데도…. 그 소리는 며칠 동안 밤마다 계속되었다. 그러더니 저녁 때까지도 들리던 그 듣기 싫은 소리가 보호사가 들어오지 않는 밤이 시작될 무렵부터 잦아들었다. 할머니는 더럭 겁이 났다. 싫어도 그 소리를 듣는 게 나았다. 자신은 몸을 움직일 수조차 없는데 이제 어쩌면 좋은가. 어쩌면 좋단 말인가. 할머니는 그 밤 한숨도 자지 못했다. 무섭도록 조용해진 옆 침대의 할머니가 뻣뻣해지도록 할머니는 시체 옆에서 아침까지 울고만 있었다.

임하 씨는 기울어진 고개를 좀체 들지 않고 점점 빠르게 눈만 끔벅일 따름이었다.

"나도 봤어. 나 사는 데에도 요양원이 몇 군데 있으니까 지나다니며 건물만 봤지. 풀밭도 없이 창은 다 닫혀 있고, 창가에서든 입구에서든 노인 비슷한 사람의 그림자도 본 적이 없어. 하지만… 나는 때가 되면 들어갈 거야. 그때 정신이 반쯤 나가서 지금 한 다짐을 기억 못하고 들어가지 않겠다, 생고집을 부리게 될지 모르지만 지금은 그렇게 되지 않기를 간절히 바라. 나는 들어갈 거야. 그러고 싶어."

그들을 비난하려던 게 아니었다. 일본 영화 〈나라야마 부시코楢山節考, 1983〉에서 저 산(늙은 부모가 버려지는 산)에 가야 한다는 관습의 원인은 굶주림이었다. 갓 태어난 자식도 내다버려야 하는 척박한 환경 속에서 인간의 나이는 70세로 제한되었다. 저 산에 가는 모습을 동네 사람들이 봐서도 안 되고, 저 산에 버려진 노인은 말도 해선 안 되고, 저 산에 부모를 버리고 갈 땐 누구도 뒤돌아봐선 안 된다. 사람들이 보지 않는 밤을 틈타 저 산에 오르는 것은 그 행위가 정당하지도, 아름답지도 않기 때문이고, 나도 오래 전 내 부모를 버렸으므로 내가 버려졌다고 울며 매달려서는 안 되고, 종족을 보존하기 위해선 인정에 이끌리는 휴머니즘이 참으로 곤란할 따름이다.

지금은 굶주림이 늙은 부모를 요양원에 모시는 이유가 아니다. 인간답게 사는 것에 대한 가치는 바뀌었다. 먼 옛날 먹는 게 가장 급했던 세상이 있었고, 또 효가 인간다움의 기본이던 세상도 있었다. 그러나 지금은 아니다. 죽기 싫다고 울며 질질 끌려가는 사람을 보면서 어떻게 그 사람을 비난할 수 있겠나. 지금 죽어야 한다고 끌고 가는 사람(제도)이라면 모를까.

침묵이 길어지는 임하 씨를 지켜보던 루비콘 씨가 입을 열었다.

"그래도 연명치료 받지 않겠다는 존엄사가 받아들여졌다니 앞으론 뭐든 좀 나아지려나."

임하 씨가 채 일어나지도 않은 거스러미를 잡아 뜯으며 말했다.

"그거, 치매는 해당사항 없대. 요양원 들어가는 대다수 노인들이 치매잖아."

루비콘 씨도 임하 씨도 더는 뒤를 잇지 못한다.

그들의 표정이 막막하다. 시선을 들어 먼 데를 바라보는 것도 아니다. 그저 숙인 고개를 따라 눈길도 아래를 향하고 있을 뿐이다. 어쩌면 그들은 이제 막 길을 내기 시작한 낯선 어느 길목, 저 산으로 가는 길의 초입을 되도록 멀찌감치 앉아 바라보고 있는지도 모른다.

임하 씨는 볕도 잘 들지 않는 퀴퀴한 방구석에서 영화 속 송 노인이 말없이 피우던 담배의 희뿌연 연기를 떠올린다. 컴컴한 산 속에 버려진, 이빨 부러진 노파 오린의 머리 위로 소복하게 쌓이던 희고 차가웠을 눈더미를 생각한다.

(2017. 11. 23.)

삐딱한 임하 씨의 삐딱한 일상 · 32

사라진 구두

오래 되지 않은 어느 봄날, 외곽순환도로를 달리던 임하 씨의 차 옆으로 무언가 쌩하고 지나갔다.

"쌔끼이—, 똥이 막 나오게 생겼냐?"

생김새와 다르게 늘 정속으로 달리는 임하 씨의 눈에 과속 운전자들이 곱게 보일 리는 없다. 하지만 차선을 변경할 때마다 제 눈을 몇 번이나 의심하며 조심스러워하는 임하 씨가 볼 때 그들의 운전 실력이 놀라운 것도 사실이다. 아마도 운동신경이 좋고 위기대처능력도 뛰어난 젊은이들이 그 운전자일 가능성이 높다. 임하 씨는 자신이 늙은 만큼 그 정도의 조심성을 가지고 무리하게 운전하지 않는 게 상수려니 생각했다.

깜빡이도 켜지 않고 지그재그로 차와 차 사이를 미끄러지듯 빠지며 마구 달리기엔 차량이 적지 않았으나 어느새 그 놀라운 차는 임하 씨의 시야를 휑하니 벗어났다. 그리고 웬일인지 차량의 속도가 점차 느려지고 앞선 차들에서 비상등이 점멸했다. 느리게라도 조금씩 앞으로 나아가보니 1, 2차선 차들이 전부 3차선으로 끼어들고 있었다.

사고였다.

사고 차량은 한 대뿐이었다. 막 도착한 경찰차와 그보다 앞쪽으로 말짱한 승용차 한 대가 멀찌감치 사이를 두고 멈춰서 있었다. 경찰은 차량을 통제했고, 승용차에서 내린 듯한 사람 두엇이 아무것도 할 게 없는지 멀뚱히 한자리에 붙박여 서 있었다. 콘크리트 중앙분리대 너머 반대편 차로에서는 이쪽의 사고는 눈치챌 경황조차 없는지 차들이 굉음을 내며 빠르게 지나쳐갔다. 병목에서 늘 그렇듯 차들은 아주 느리게 진행했고, 날씨는 눈부시게 화창했다.

세상을 환히 깨운 어느 봄날의 늦은 아침, 그 아침에 딱 어울리는 젊고 아리따운 아가씨가 그 사고 현장 한가운데 있었다. 입김만 불어도 하늘거릴 것 같은 꽃무늬 치마가 가늘고 고운 상반신을 가볍게 떠받치고 있었다. 아가씨는 맨발의 프랑스 가수 빠트리샤 카스가 무대 위를 누비듯 사고 현장을 정처 없이 떠다니고 있었다. 왜 맨발일까, 주변을 둘러보아도 신발은 아무 데서도 보이지 않았다. 중앙분리대로 갔다가 다시 사고 차로 돌아오길 반복하는 아가씨의 모습은 이상하게도 웃는 듯 보였다. 잠깐씩 팔짝거리기도 하고 두 손으로 양 볼을 누르기도 하면서 쉼 없이 탄성 같은 무슨 소리를 내고 있어 더욱 그렇게 보였는지도 모른다. 살아 있다는 존재의 기쁨이 폭죽처럼 사방에서 터지는 봄날, 아가씨의 모습은 안타깝게도 미친 여자와 닮아 있었다.

3차선을 달리고 있던 임하 씨도 브레이크를 밟아가며 차들을 끼워주었다. 차선 두 개가 폐쇄되었으니 저속은 당연했지만 사고 현장을 구경하려는 운전자들은 앞차가 저만치 달려갔어도 가속페달을 밟지 않았다. 사고 차는 다른 차와는 부딪히지 않은 모양이었다. 아마도 어떤 위기를 감지하고 운전대를 갑자기 꺾는 바람에 중앙분리대를 들이받으며 뒤집힌 듯했다. 거꾸로 땅에 처박힌 차의 운전석은 아예 납작하게 눌려 굴곡이 거의 느껴지지 않을 지경으로 평평해 보였다. 그러나 조수석은 원래의 제 모습을 유지하고 있었다.

사고 차량 아래에서부터 천천히 검은 물이 번졌다. 전혀 급할 것 없다는 듯이, 밀도가 높은 끈적임을 표면에 드러낸 채 아주 천천히 사방으로 번져갔다. 열린 차창을 통해 선듯한 바람이 밀려들어왔다.

그때 분명히 임하 씨는 사고 난 차체를 자세히 살폈다고 기억한다. 그러나 이튿날, 아니 사고 지점을 벗어난 직후부터 임하 씨의 기억저장소에서 속속들이 눈에 담아두었던 사고 차체는 감쪽같이 사라지고 없었다. 그 안에 사람이 어떻게 구겨져 있었는지, 차종은 무엇이었는지. 마치 아무 데도 없던 신발처럼 사라져버렸다고 느꼈다.

어쩌면 운전자는 좋아하는 여자 친구를 옆자리에 태우고 신이 나서 한번쯤 으스대려고 운전 묘기를 선보인 건지도 모른다. 아니, 여자 친구끼리 모처럼만에 한껏 꾸미고 바람 쐬러 나가는 길, '나, 이런 것도 할 줄 안다'며 아주 잠깐만 뽐내기를 한 걸 수도 있다. 그것도 아니면 원래 난폭운전에 버릇이 든 사람이었을까? 자기 운전 실력을 너무 믿어서 위험이 자신과는 상관없다 여기며 자기 통제력만 과신했던 건 아닐까. 뭐가 됐든 그건 실수였다.

아가씨는 아마 옷차림에 어울리는 꽃 같은 구두를 신고 있었으리라 임하 씨는 상상했다. 다리를 늘씬하게 보이도록 해주는 구두는 높고 끝이 뾰족해서 신고 있기가 피곤했으리라. 그래서 어느 정도 달리며 봄날의 데이트로 흥분과 행복감이 묘하게 뒤섞일 무렵, 가만히 구두를 벗고는 발조차도 이 봄날을 느껴 보라며 모든 긴장을 풀어놓았을지도 모른다.

사라진 구두는 그렇게 전복된 차체 속에, 이 세계와 이별한 그 사람을 쫓아 다른 세계로 가버렸을까. 너무나 끔찍해서, 차체를 목격하곤 한동안 가속 페달에 힘을 주지 못하던 임하 씨의 충격도 그 사람과 함께 사라진 걸까.

'나로 인해, 내 실수로 인해 다치고 충격 받은 모든 이들에게 미안합니다.'

그로부터 계절이 두어 번 바뀌도록 그 도로 그 지점에는 검은 흔적이 지워지지 않고 남아 있었다. 피는 붉다고들 하는데 어째서 그날 보았던 빛깔도, 또 한참 지난 뒤 보게 되었던 흔적도 모두 검기만 했을까, 임하 씨는 궁금했다. 검다는 것은 무無의 색. 우리가 세상에 있기 전의 색, 그리고 우리가 돌아가야 할 세상의 색도 혹시 그토록 검기만 할까.

이따금씩 차도 변에서 주인도 잃고 짝도 잃어 유물이 된 신발 한 짝을 보게 된다. 임하 씨는 저 신발의 주인이 누구일까, 어떤 사고가 있었을까 궁금해질 때마다 어느새 꽃무늬 치마를 입은 봄날의 아가씨를 떠올린다.

그러나 사고 현장을 목격하고 나서 하나같이 서행하던 운전자들은 목적지를 향해 뿔뿔이 흩어졌고, 검은 흔적은 차량 바퀴들이 묻힌 때에 덮여버렸고, 오늘 그곳을 달리는 임하 씨의 차량 주변으로는 여전히 대부분의 차들이 정속을 위반하여 쏜살같이 달려가고 있다.

당신, 지금 어디로 가는 겁니까?

(2017. 12. 5.)

삐딱한 임하 씨의 삐딱한 일상 · 33

임하 씨의 러시아

"아, 나는 이 나라 노래가 왜 이렇게 좋지? 이상하다, 이상해."

거나하다. 하회탈처럼 임하 씨가 비실비실 웃는다. 그리고 어느새 러시아 민요를 찾아 듣는다. 〈백만 송이 장미〉도 듣고… 딸꾹! 〈검은 눈동자〉, 〈카추샤〉도 흥얼거리고… 〈머나먼 길〉은 듣다 만다. 하지만 〈슬라브 여인의 작별Farewell of Slavianka〉는 아주, 아주, 아주 많이 좋아해서 여러 번 돌려듣는다. 발목도 까딱거린다.

매일 저녁 혼자 집을 지킨다. 나이가 는다. 술도 는다. 혼잣말도 좋다고 따라 는다.

"어디선가 읽은 기억이 나는데…."

러시아 민요들은 대개 19세기에 만들어졌다는 얘기를 어디선가 읽은 기억이 있다. 위키피디아를 본다. 영어다. 1차 발칸전쟁에 남편을 떠나보낸 슬라브 여인 어쩌고저쩌고….

가사를 읽지 않아도 감은 온다. 붉은 군대 합창단, 간주 부분에서 '우라—' 하고 목청껏 외친다. 러시아 군인들이 장총을 들고, 두 발로 땅을 박차고, 전장을 향해 질주하며, 목이 터져라 외치는 소리다. 보나마나 남자는 어머니의 나라를 위해 기개 넘치게 목숨을 바치고, 슬라브 여인은 승리와 연인의 무사 귀향을 기원하며 눈물을 찍어내겠지.

가사를 읽는다. 크게 틀리지 않는다.

"내가 전생에 슬라브 여인이었나? 전쟁에 남편을 떠나보냈나? 아니면 내가 아내를 고향에 남겨두고 전쟁에 나가 죽었나? 이상하게 우라— 소리만 들으면 피가 끓는단 말이야."

불끈 대신 화끈이다. 술을 마셨으니 피 돌기도 왕성하다.

"아니, 근데 왜 이렇게 추위는 타지? 설마 전쟁터에 나가 총 맞아 죽은 게 아니라?"

얼어 죽었다 생각하니 오싹해진다.

"하긴 양주는 입에 못 대도 보드카는 아주 좋지. 전쟁에 나간 게 아니라 술 마시고 어디 길바닥에서 얼어 죽은 모양이로군."

빈 잔에 술을 따른다.

"아니야. 사람들이 날더러 전투적이라고 늘 말하잖아. 내가 전쟁에 나가긴 나갔던 게야. 그런데 아마 전투에는 못 나가고 밥을 짓든 깃발을 들든 딴 짓만 실컷 하다 얼어 죽은 게 틀림없어. … 아니야, 아니야.

밥을 짓진 않았을 거야. 배부른 채 죽었다면 지금 이렇게 식탐이 터질 리 없으니까. 밥도 양껏 먹지 못한 채 얼음처럼 차갑고 더러운 걸레로 대포나 죽어라 닦아댔으려나. … 맞아, 그렇게 된 거야. 덜 자란 겉모습만 보고 아리따운 아가씨들은 내게 눈길 한번 주지 않았겠지. 그 때문에 나는 지금도 희고, 잿빛 눈동자를 가진 러시아 아가씨들만 보면 마음이 아프고 한편으론 질투가 나는 걸 거야."

채 비지 않은 잔에 술을 더 따른다. 불행하게 죽었을지 모를 전생의 자신. 임하 씨는 오래 전부터 러시아를 동경해왔다.

붉은 군대 합창단이 부르는 이탈리아 민요 〈벨라 차오Bella ciao〉. 파르티잔의 노래를 튼다. 〈벨라 차오〉도 죽음을 무릅쓰고 반파시스트 전쟁에 나서는 파르티잔이 연인에게 이별을 전하는 내용이다. 투쟁가에 꽂히는 임하 씨.

다시 피가 끓는다. 실내 온도를 낮춘다.

어쩌면 아가씨들이 거들떠보지도 않던 전생의 임하 씨는, 붉은 옷을 입고 손수건으로 입을 가린 채 울음을 참던 어머니를 그리워하며 죽었는지도 모른다. 신념에 가득 찬 파르티잔과 달리. 국가고, 이념이고, 아무것도 모른 채. 〈슬라브 여인의 작별〉! 노래가 주는 흥분. 무리 지은 건강한 남자들. 손 흔들고 환호하는 여인들. 그저 지금의 임하 씨처럼 피가 끓어서. 민요이자 군가인 이 노래를 들으면 피가 끓어서. 젊은 남자들은 전쟁에 나가야 한다. 전쟁은 소수의 머리에서 나오지만, 젊은이들에게 그것은 숙명이고, 영웅이 되는 길이다. 살아 돌아오면, 나는 달라진다. 마을 아가씨들은 나를 수줍게 바라보겠지. 그러나 지금은, 오! 나를 사랑하고 염려해주는 단 한 사람. 내 어머니의 전송을 받으며, 생애 단 한번, 사람다운 용기를 끌어 모아 전쟁터로 나간다.

"내가 죽은 곳은 어디였을까. 발칸이었을까, 동독이었을까. 죽고 나서 오래 지나지도 않아 러시아에서 한참 동떨어진, 바다에 면한 이곳에 태어났구나. 어머니, 그녀는 지금의 나처럼 검은 머리칼을 하고 있었을까. 그녀는 나를 기다렸겠지. 아주 오래도록."

신경증. 공상에 열을 올리는 신경증. 자신에게 신경증이 있는지 임하 씨는 잠시 잠깐 정신을 더듬는다. 빈 플라스틱 맥주병을 거실 바닥에 굴린다. 화끈거리는 두 볼을 감싸쥔다. 입고 있던 두툼한 조끼도 벗는다. 그리곤 베란다로 나간다. 지금 밖은 영하 3도. 러시아는 아마 영하 13도, 혹은 30도일지도. 창을 열고 차가운 공기를 훅 들이마신다.

임하 씨는 전생을 믿지 않는다. 전생이 있을 리 없다. 단지 취향의 모양.

그러나 마치 자신이 전장의 한복판에서, 적과 한번 부딪힌 적 없이, 그 누구도 죽이지 않고, 배가 고프고, 춥고, 내 어머니, 붉은 옷을 입고, 손수건으로 입을 가린 내 어머니, 그 어머니의 나라에 부름을 받고, 이제 겨우 스무 살도 채우지 못했는데, 어여쁜 아가씨들과 봄날, 손 한번 잡아보지 못했는데, 지금 이 찬 공기보다 더 차가운 곳에서, 주린 배를 어디서 구했을지 알 수 없는 독한 술로 채운 채, 얼어붙은 땅바닥에 누워, 그렇게 얼어 죽은 것처럼 여겨졌다.

자신도 왜 이러는지 모른다. 아마 술 탓이겠지, 러시아 민요 탓이겠지. 열을 올리는 전쟁 미치광이들. 자신이 왜 죽는지조차 몰랐을 수많은 젊은이들. 그리고 어머니, 어머니.

임하 씨는 빈 잔에 얼음을 가득 담는다. 거기에 보드카를 따른다. 그리고,

"우라—."

(2017. 12. 7.)

삐딱한 임하 씨의 삐딱한 일상 · 34

모순, 이타심과 자기 위안

해외 첫 후원아동은 소녀였다. 사진, 그리고 소녀가 직접 그렸다는 빨갛고 노란 짧은 선들. 아마도 꽃인 듯했다. 돈이 없어 여자 아이들은 교육을 받지 못한다는 나라에서 소녀는 후원금으로 학교에 다닐 수 있게 되었다. 가무잡잡한 피부에 쌍꺼풀진 커다란 눈. 작고 마른 체격. 수줍어하면서도 환하게 웃는 어여쁜 소녀를 보고 임하 씨는 자꾸만 마음이 이상해졌다. 뭔가 잘못된 짓거리를 하고도 시침 떼고 있을 때마냥 마음이 영 불편했다.

몇 해가 흘렀다. 그동안 소녀는 알아볼 수 있는 그림과 삐뚤빼뚤 제 이름 글자도 그려 보냈고, 나중엔 제 나라 말로 짧은 문장을 써보내기도 했다. 소녀는 학교 공부에 열심이었고, 교사가 되고 싶어했다. 그러던 어느 날, 임하 씨에게 날아든 구호단체의 편지에는 뜻밖의 내용이 들어 있었다. 소녀가 공부를 그만두고, 집안의 결정에 따라 시집을 갔으므로 결연이 종료되었다는 소식. 소녀가 사는 곳과는 아주 멀리 떨어진 나라에 사는 또 다른 아동과 인연을 맺게 된다는 일방적인 통보. 임하 씨는 얼떨떨했다.

보육원에 산다는 국내 후원아동. 성인이 되어 보육원을 떠나므로 결연이 종료된다는 통보와 함께 새로운 아이가 배정되었다. 보육원을 떠나면 어디로 가나? 임하 씨는 성인이 되었다는 아이의 앞날이 걱정스러웠다. 당시 액수로 삼백만 원, 2017년인 지금도 오백만 원밖에 되지 않는 자립금을 받아들고 살던 곳에서 무작정 떠나야 한다나. 답답했다. 하지만 임하 씨가 무얼 할 수 있을까.

고작 삼만 원이었다. 국내나 해외나 동일하게 삼만 원씩. 가난한 나라에서는 그 돈이 유용하게 쓰이기도 한다고 들었지만 이 나라에서 삼만 원이란. 결연을 처음 맺기 시작했을 땐 아이들과 따로 편지도 주고받고 선물도 보내주면서 키다리 아저씨 흉내를 내보면 어떨까 고민도 많았다. 하지만 그러지 못했다. 우선 겁이 났다. 한 아이의 인생에 개입한다는 게. 그리고 믿을 수 없었다. 자기가 계속 지금처럼 벌 수 있을지, 형편이 넉넉하다 해도 그 아이들의 필요를 채워줄 능력이 자신에게 있는지.

그래서 정기후원 외에는 아무것도 하지 않았다. 편지도, 선물도. 그런데 새로 결연을 맺은 아이의 정보를 받는 순간, 그러니까 전에 후원하던 아이가 적은 자립금만 받아가지고 자기가 살던 집으로부터 세상으로 쫓겨났다는 소식을 접하고 난 직후, 임하 씨는 흔들렸다. 딸들과 백화점에 가고, 놀이동산에 가고, 뮤지컬을 보고, 외식을 하던 기억들이 산사태처럼 쏟아졌다. 산사태 같은 기억이 임하 씨를 자꾸 흔들었다. 그래서 그랬다. 그래서 전에는 않던 짓을 저질렀다.

새로 용돈을 받게 될 아이는 중학교 1학년 여학생이었다. 이름이 임하 씨의 막내 여동생과 같았다. 오래 주저하던 임하 씨는 어떤 기념일을 맞아 아이에게 편지와 함께 특별 용돈을 보냈다. 편지의 내용은 처음부터 끝까지 변명뿐이었다. 거기에 자신이 좋은 사람으로 비치길 기대하는 마음 조금을 섞어. 나는 부자가 아니란다, 내가 자랄 땐 나라 전체가 부자가 아니었지만 지금은 모두의 형편이 좀 나아졌구나, 용돈이 적어 미안하다, 그래도 너를 응원한다, 등등.

그러나 그걸로 끝이었다. 이후로 더는 편지도, 특별 용돈도 없었다. 자동이체로 빠져나가는 후원금은 어떤 애정이나 관심과도 거리가 멀었다. 임하 씨가 노래 부르듯 '돈은 나눠 쓰자고 버는 거지!' 말한다 해도 거기엔 따뜻한 눈길 한 조각 들어 있지 않았다. 나눠 쓴다는 말은 들여다보면 보잘것없었다. 뜯어보지도 않고 봉투째 서랍 속에 쌓이는 결연아동들의 편지처럼 임하 씨의 후원은 자기 만족이었고, 자기 기만일 뿐이었다.

그날도 구호단체에서 보내온 여러 통의 우편물을 신발장 위에 던져 놓았다. 뜯어볼 생각도 없이. 그리고 컴퓨터 앞에 죽치고 있는데, 여전히 질풍노도 씨가 거실 한 쪽에 앉아 소리 내 무언가를 읽었다.

"엄마, 얘가 엄마의 취미와 특기가 뭔지 궁금하대."

"뭐? 누가?"

"얘 말이야. 엄마가 후원하는 보육원 아이. 고2짜리."

여전히 질풍노도 씨가 인쇄물을 임하 씨 앞으로 내밀었다. 구호단체가 국내 결연아이들의 소식을 알려온 인쇄물이었다. 그러나 임하 씨는 키보드 위에 얹은 두 손을 움직이지 않았다.

"내가 취미가 어딨고, 특기가 어딨어. 됐어."

"얘가 궁금하대. 봐봐. 다른 아이들은 모두 '감사합니다'로만 끝냈는데, 얘는 특이하게 질문을 했어. 게다가 그동안 우울증이 심해서 애가 많이 힘들었대. 최근에 미술을 시작하면서 좀 밝아졌다고 하네. … 엄마! 얘한텐 짧게라도 답장해줘."

"뭐? 무슨 답장을 보내. 그런 거 안 해."

말은 그렇게 하면서도 임하 씨는 인쇄물을 받아들었다. 그 아이였다. 임하 씨가 한 통의 편지와 한번의 용돈으로 뭔가 특별한 관계를 맺을 것처럼 굴었던. 우울증을 앓았구나…. 어쩌다가…. 임하 씨는 다른 아이들의 소식과 그 아이의 소식을 번갈아 보았다. 그리고 아이의 질문을 여러 번 다시 읽었다.

— 후원자님의 취미와 특기는 뭐예요?

●

여전히 질풍노도 씨가 끈기 있게 엄마를 설득했지만 임하 씨는 영 대답을 하지 않았다. 졸라대는 딸의 관심을 돌리느라 생각해보마 말한 게 고작이었다.

기대고 싶은 이에게 등을 내주는 것은 단순히 등만 내주는 게 아니다. 등에 기대는 순간부터 둘의 관계는 특별해진다. 그러나 얼마간의 돈, 그 가치를 끌어내리자는 건 아니지만, 돈이라는 손쉬운 방법으로, 얼굴 한번 볼 일 없이, 가장 편한 방법으로 내 마음의 불편함을 해소하는 것. 기댈 등을 내주는 것과는 너무나도 거리가 먼. 특별해질 수도, 특별해져서도 곤란한 관계. 임하 씨는 답장을 하지 않았다. 기다리고 있을 아이를 떠올리면 고개가 무쇠덩이처럼 무거워졌지만 그래도 또 다시 자격 없는 짓을 할 수는 없다고 생각했다.

집안의 결정에 따라 다니던 학교를 관두고 결혼해야 했던 소녀. 임하 씨는 가끔 그 소녀를 생각했다.

"혹시 또 모르지. 그 소녀가 기대했던 것과는 다르게 학교생활이나 공부가 힘에 부쳤을지도. 그렇다면 학교를 다니지 않게 돼서 오히려 소녀가 기뻐했을지도 몰라. 그리고 결혼도 모를 일이야. 선생님이 되는 것보다 새 신랑과 함께 사랑하며 사는 게 훨씬 더 좋을지도. 그 사랑이 기뻐서 자기 아이들의 선생님으로 만족하며 사는지도. 대신 더 열심히 살며 자기 아이들은 원하는 만큼 가르치려 애쓸 테니까."

무겁고 힘들고 불편한 마음을 일거에 괜찮게 만드는 방법. 그저 생각만 바꾸면 된다. 아예 생각을 하지 않거나 지금 임하 씨처럼 모든 문제가 해결된 것처럼 말을 지어내거나 혹은….

"나라님도 어쩌지 못하는 가난을 내가 뭘 어쩌겠어. 별 수 없지."

(2017. 12. 13.)

삐딱한 임하 씨의 삐딱한 일상 · 35

미니언의 번식

고생대 실루리아기, 그러니까 약 430만 년 전에도 존재했던 흔적이 남아 있으므로 이들의 추정 나이는 대략 500만 살이다. 이들의 개체 수는 무려 팔백아흔아홉(899! 소수처럼 보이지만 약수가 무려 네 개나 된다. 1, 29, 31, 899. 따라서 899는 부족수이다. 왜 딱 떨어지는 900이 아닌 부족수를 썼을까? 이때 떠오르는 장면은? '100,000원도 안 되는 저렴한 가격! 99,900원이라는 놀라운 가격을 체험해보세요!')! 무리 지으면 엄청나게 바글거리지만 정작 차지하는 지면의 공간은 얼마 되지 않는다. 제아무리 커도 1미터를 넘는 녀석이 없는데다 바나나를 닮은 2등신의 원통 체형을 가진 이들 사이에는 경쟁도, 따라서 사유재산도 없다.*

미니언Minion. 하인, 조수, 심복 등의 의미를 가진 이들이 세상에 모습을 드러낸 것은 2010년 일루미네이션 엔터테인먼트가 제작한 애니메이션 〈슈퍼배드 1〉을 통해서였다. 임하 씨를 비롯하여 세계 많은 영화팬들 사이에서 엄청난 사랑을 받게 된 21세기의 캐릭터. 조연이었던 이들은 악당 주연을 제치고 〈슈퍼배드 2〉를 거쳐 2015년에는 자신들이 단독주연을 맡은 〈미니언즈〉를 당당히 찍기도 한다. 그리고 2017년, 다시금 〈슈퍼배드 3〉으로 건재한 자신들의 인기를 과시했다.

〈슈퍼배드 3〉를 재미있게 보고 나온 임하 씨가 마트에 들렀다. 1층 햄버거 가게 앞에서 사은품으로 판매하는 플라스틱 미니언즈 인형을 만났다. 볼펜을 사려고 문구 코너에 들어갔을 땐 열쇠고리로 매달린 미니언즈를 만났다. 밖으로 나와 보니 대형 미니언즈 사진을 옆구리에 붙인 버스가 쌩쌩 달리고 있었다. 집에 들어가기 전 동네 편의점에서도 임하 씨는 미니언즈를 만났다. 현관을 열자 거실 전면 장식장에서는 얼마 전 조립한 미니언즈 블록들이 활짝 웃으며 귀가하는 임하 씨를 반겼다.

블록 조립을 좋아하는 임하 씨를 위해 나다운 나 씨가 공수한 미니언즈는 아홉 개뿐이다. 손에 잡기만 하면 뚝딱 조립해내는 임하 씨의 도전정신을 고양시킬 뜻으로 나다운 나 씨는 또 다시 블록을 주문했다. 이번엔 단품이 아닌 마을을 통째로 만드는 품목이었다. 며칠 지나 나다운 나 씨의 휴대폰 화면에 낯선 번호가 떴다.

"아, 빌리지 주문하셨지요? 죄송하지만 그 제품이 떨어져서요. 같은 가격대의 비슷한 제품으로 보내드려도 될까요?"

"그래요? 가격도 같고 사양도 비슷하단 말이지요?"

"네네, 그럼요. 오히려 조립하기 더 재미있으실 거예요."

"그럼 그렇게 해주세요. 여보세요? 그게 미니언즈 시리즈는 맞는 거지요?"

"네? 아…, 저…, 꼭 미니언즈여야만 하나요…? 에고…."

이렇게 해서 임하 씨 집에 미니언즈의 번식은 아홉으로 그칠 수 있었다. 그러나….

아주 오래 전 헬로우 키티가 그랬듯, 미키마우스가 그랬듯, 토토로나 최근 애국 캐릭터 뽀로로가 그렇듯 이 만화 캐릭터들은 살아 숨쉬는 존재가 아니다. 슈렉처럼 사랑을 해서 아이를 낳기도 하고, 심슨네 가족처럼 애초에 가족 묶음으로 출현한 경우도 있으나 대개는 개인전이다. 그들은 톰과 제리, 스누피 같은 동물이기도 하고, 손오공이나 뽀빠이 같은 사람, 또는 아톰과 트랜스포머 같은 기계일 때도 있으며, 스폰지밥이나 스머프처럼 상상 속에서 툭 튀어나오기도 한다. 모델이 있든 없든 그들은 어디까지나 공상이고 관념일 뿐이다. 그런데 그들이 번식을 한다! 특히 500만 년 동안이나 899마리로만 군집을 이루며 그동안 단 한 마리도 번식을 하지 않았던 미니언즈조차!

악당 졸개인 미니언즈가 대중의 사랑을 받는 비결은 딱 한 가지다. 여전히 질풍노도 씨의 말을 들어보자.

"귀엽잖아! 걔들이 사람처럼 살아서 길거리를 돌아다닌다고 생각해

봐! 그 말투며 표정이며 특히 웃음소리는 어떻고!"

"하지만 녀석들이 모시던 악당 보스들은 모두 다 비극적인 죽음을 맞았잖아. 피라미드를 거꾸로 세우라는 미니언즈의 말을 들었다가 깔려 죽은 이집트 파라오나 생일파티 해준답시고 커튼 젖혔다가 햇빛에 증발해버린 드라큘라까지, 실제로 걔들이 돌아다닌다면 얼마나 끔찍한 불행을 당할지 상상도 할 수 없다니까."

"별 걱정을 다 하셔. 있을 수 없는 일을 가지고 왜 겁에 질리고 그래? 실재 가능하지 않으니까 더 귀여워할 수 있는 거지!"

그렇다. 미니언즈 본래의 속성이나 내력, 만화 속 영향력 따위는 아무런 문제도 되지 않는다. 그보다는 대중영상물로, 판촉물로, 완구로, 미디어 광고로, 값도 싸서 사 모을 수 있는 현실 속 미니언즈의 영향력, 바로 그것이 놀라운 것이다. 물론 성인물에까지 등장한 만화 캐릭터를 발견했을 때 임하 씨의 입에서 터져나온, '오—'를 단순히 놀라움의 감탄으로만 보긴 힘들지만 말이다.

'하긴, 어른들의 욕망만 상업화할 순 없지. 이미 아이들의 욕망은 더 비싸게 상업화되기도 했고. 또 사람의 욕망만 상업화할 순 없지. 그래서 강아지나 고양이의 욕망까지도 감안해서 상업화하는 거고. 거기서도 만족을 못하면 그땐 기계의 욕망까지도 상상해서 상업화할 테지. 아암! 돈만 된다면야—.'

임하 씨 거실의 장식장에서처럼, 이제 미니언들은 물리적 공간마저 필요로 한다. 그것도 아주 넓고 더 넓게. 그러나 여전히 그들은 졸개일 뿐이다. 오늘, 미니언즈의 진정한 악당 보스는 대체 누구인 걸까?

(2017. 12. 18.)

* 참고 : 인터넷『캐릭터 백과』, 임지희의 글에서.

삐딱한 임하 씨의 삐딱한 일상 · 36

쉬움과 어려움

임하 씨의 첫 수필집 『가면의 꿈』은 읽는 이를 불편하게 한다는 평이 많아 그리 성공적이지 못했다. 그리고 2년 지나 '아수라 동인지'에 실린 임하 씨의 수필 열다섯 편도 환영받는 분위기는 만들지 못했다.

고맙게도 몇몇 동료들은 애정을 가지고 동인지를 읽어주었다. 그리고 간단한 감상이나 평도 곁들여주었다. 어느 날 그 중 한 동료 수필가가 어떤 역량 있는 수필 신예의 말이라면서 임하 씨의 글이 어렵다더라고 전해왔다. 자신도 한두 작품의 경우 소화하기가 힘들었다며 조심스럽게 '귀담아들'어줄 것을 요청해왔다. 당연히 귀담아들어야 했지만 딱하게도 임하 씨는 고개를 갸우뚱거렸다. 어렵다고 말한 것이 문장인지, 내용인지, 메시지인지 도무지 파악할 수가 없었기 때문이다. 임하 씨는 그것을 일종의 명령으로 받아들였다.

'내가 이해할 수 있도록 풀어 써라. 네 책을 읽는 독자를 골 아프게 만들지 마라.'

임하 씨는 어려움과 쉬움에 대해 고민했다. 자신은 어렵게 쓰려 의도하지 않은 글을, 어떤 독자는 당연하다는 듯 쉽게 읽어내고, 어떤 독자는 어려워하면서도 이해하려 애쓰며, 또 어떤 독자는 읽기 어려우니 쓰는 방법을 고민해보라고 말한다.

임하 씨는 자신의 글쓰기에 문제가 있는지도 모르겠다는 의심을 품었다. 그 이유로 첫째 문장을 꼽을 수 있다. 모든 글이 다 그런 건 아니지만 특정 글에서는 간혹 문장이 엉킨 것처럼 길게 늘어질 때도 있었고, 어려운 단어들이 열병식의 병사들처럼 줄지어 지나갈 때도 있었다. 그럴 때 쉽게 알아보도록 문장을 끊어 쓰거나 풀어쓸 수도 있었다. 그런데 그렇게 하지 않았다. 각각의 단어가 조사나 어미를 만나 어떤 느낌의 문장 형태를 이루는 것 또한 언어예술의 한 표현방식이라고 생각했으니까. 혼란스러운 생각을 보여주고자 할 때에는 그 혼돈을 모양으로 나타내는 방법도 하나의 예술형식이라고 판단했으니까.

또 어떤 글에서는 우리말로 쉽게 표현하던 이야기도, 어떤 글에서는 일부러 많은 한자어를 써가며 딱딱하고 어렵고 무겁게 느껴지도록 했다. 단어가 뜻하는 의미 전달에만 목적을 한정하지 않는 것. 그것은 언어들이 모여서 이끌어내는 어감, 즉 단어가 가지는 고유의 느낌이 눈으로, 소리로, 혀의 움직임으로 반사신경처럼 일어날 어떤 지각의 율동을 의도하는 것이었다.

두 번째로 내용이나 메시지를 꼽을 수 있다. 서로 얼굴을 보며 이야기를 나눌 때도 상대방이 말하는 내용이 평소 자신이 관심두던 주제가 아니라면 흥미도 떨어지고 집중이 흐려지게 마련이다. 임하 씨가 쓴 특정 글의 소재나 주제에 별로 신경을 쓰지 않거나 주의를 기울여본 적 없는 독자라면 충분히 그 글이 어렵다고 느낄 수도 있고. 그런 이유뿐이라면 자기 글의 메시지에 독자들이 이전에는 없던 흥미와 관심을 갖도록 할 만큼의 능력에는 아직 이르지 못했다는 답이 나오므로 큰 문제는 아니었다. 다 과정이니까.

그러나 한마디로 간단히 말할 수 있는 것을, 돌리고 돌려서 길게 에둘러 말하고, 다른 사물이나 현상에 비유하고, 풍자하고, 행간에 숨기고, 생략하고, 아직 영향력이 없는 자신의 주장에 힘을 싣거나 근거를 대기 위해 다른 책의 내용을 인용하고, 예를 들고, 추상화하고, 꿈처럼 상상을 타고, 뭐 그러는 모든 글쓰기 행위들 자체가 쉽게 이해하기 어려운 이유라면, 안타깝게도 임하 씨로선 그 중 단 한 가지도 양보하거나 타협할 수 없는, 말 그대로 어렵고도 어려운 문제가 아닐 수 없었다.

어쨌거나 특정 글이 본의 아니게 일부 독자를 피로하게 만들었을 수도 있다. 임하 씨는 자신의 글이 누군가에게는 어려웠을 수도 있겠다는 사실을 인정해야만 했다. 다소 미안한 측면이 있긴 하지만, 그러나 자신의 글쓰기 방법을 바꿔야 한다는 생각까지는 들지 않았다.

"나는 예술가인 걸. 내 능력이 모자란 거야 물론 더 노력해야겠지만 그 모자란 실력이 지금의 나인 걸 어쩌겠어. 그리고 내게서 나온 창조물이 나와 별개일 수도 없고 말이야. 그것은 고유한 나를 반영하는 나만의 특질이고, 내 삶 자체거든. 귀족의 취향에 맞춰 예술품을 만들고, 그들이 지불하는 돈으로 생계를 유지할 수 있는 시대가 아니라 내겐 정말 다행이지 뭐야."

쉬운 것이 곧 선일 수는 없다. 어떤 예술은 쉬워서 더 훌륭할 수도 있지만 또 어떤 예술은 그 어려움이야말로 무언가를 극복하고 이뤄낸 성과일 수도 있으므로. 그럼에도 수필은 쉬워야 한다고 누군가 말한다면 임하 씨는 반발할 터이다. 수필 또한 우리의 고단한 삶을 비추는 탓에.

애꿎게도, 여전히 질풍노도 씨가 만만한 자기 딸이라는 이유로 임하 씨는 딸을 향해 오늘도 '이 연사'를 외쳤다.

"니가 살아보니까 어떻디? 사는 게 그리 호락호락하디? 쉬워? 쉽지 않은데 왜 사람살이에 대해 쓴 수필은 쉬워야 한다는 거야? 다 자기 체험을 바탕으로 쓴 수필이 어째서 시나 소설보다 더 쉬워야 한다는 거야? 그게 말이 돼?"

그러나 여전히 질풍노도 씨도 만만한 상대는 아니다.

"하지만 독자 없는 작품이 무슨 의미가 있어? 아, 물론 엄마 글에 독자가 아주 없는 건 아니지. 그러니까 내 말은, 엄마 글을 이해하고 지지해주는 소수 독자로 만족하든가, 그게 아니라면 다수에게 인정받기 위한 어떤 노력이라도 해보든가. 그래야 하지 않겠느냔 말이지. 이렇게 집구석에서 말이야, 책도 안 읽는 나한테만 버럭거린다고 뭐가 해결돼?

… 그리고, 이건 궁금해서 묻는 건데, 엄마가 말하고 싶은 그 거창한 주제들을 쉽고 재미나게 쓸 수는 없어? 내 생각에 그렇게 쓰기만 한다면 문제는 간단히 해결될 것 같은데….”

꿀 먹은 벙어리가 된 임하 씨. 자기 딸을 실컷 노려보다가는 연거푸 술잔만 비웠다. 그리곤 주정처럼, 잠꼬대처럼 알아듣지 못할 말들을 중얼거렸다.

“나는 그 방법을 안 택하고 싶습니다. 나는 그 일은 전혀 하고 싶지 않습니다. 아니오, 나는 지금의 글쓰기에서 어떤 변화도 시도하고 싶지 않습니다.”

임하 씨는 지금처럼 자신이 필경사 바틀비를 이해한다고 느낀 적이 전에는 한번도 없었던 것만 같았다.

밤, 임하 씨가 바틀비를 흉내내며 앉아 있던 거실에서.

임하 씨는 물끄러미 장식장을 쳐다보았다. 조명 아래, 장식장 유리면은 안에 든 내용물을 고스란히 보여주면서도 맞은편에 놓인 책장의 모습 또한 출렁이는 물결처럼, 구불구불, 온전하지 않은 형태로 어둡게 되비추었다. 안의 내용물을 보고자 하는 이에게는 또렷하고 명확한 안의 내용물이, 책장의 반사된 모습을 보고자 하는 이에게는 일그러진 환영처럼 보이는 책장의 모습이, 하나의 같은 유리면을 통해 나타나고 있었다.

(2017. 12. 22.)

삐딱한 임하 씨의 삐딱한 일상 · 37

망가진 처마

주음치리 백락사로 일하러 갔던 루비콘 씨가 임하 씨와 통화를 했다.

“일을 하러 갔는데 말이야. 택배 용달 한 대가 후진을 하다가 건물 처마를 받은 거라. 추녀가 날아가고 처마도 얼마간 망가져버렸어. 우리도 어, 어… 하며 쳐다만 보고 있었고, 기사야 더더구나 놀라서 어쩔 줄을 몰랐지. 그때도 주지는 법당에 들어가 앉았지 않고 마당을 쓸었든가 뭘 했든가, 아무튼 늘 그렇듯 절 내에서 일을 하고 있었어. 그러다간 소리를 듣고 소란이 일어난 장소로 와본 거지. 그래, 와서 일이 그 지경이 된 걸 보더니만 쩔쩔 매는 택배 기사 곁으로 부리나케 가서는 어여 가보라고, 누가 알아챌까 서두는 사람처럼 퍼뜩 가보라고 소리 낮춰 말하지 않겠어? 손가락도 성치 않은 손을 훠훠 저으면서 말이야.”

"주지라면서! 주지면 자기 절 아냐?"

"응, 주지야. 그러니 자기 절인 셈이지."

"그런데 왜 누가 볼까 저어해? 아무튼 그래서 택배 기사는 갔어? 그 뒤엔 어떻게 됐어?"

"택배 기사야 가라니 얼른 갔지. 고맙다고 거듭 인사하곤 훌훌 가버렸어. 택배 용달이 시야에서 사라지고, 그 주지가 마침 절 내에서 지붕 일을 하던 목수를 불러서 묻더라구. '이거…, 어떻게…, 좀 되겠어?' 하고 말이야. 그래, 목수도 이리저리 살폈지. 그러더니만 보수를 제대로 하려면 일이 커지겠다고 대답한 거야. 그러니까 주지가 그러더라구. '그럼 그냥 대충 무너지지 않게, 보기 너무 흉하지만 않게 손 봐줘.' 그렇게 된 거지."

3년 전쯤, 모 호텔 출입구를 모범택시가 들이받은 적이 있었다. 호텔 측은 택시 기사를 상대로 요구하려던 변상금 4억 원을 취소했다. 고의로 사고를 낸 것 같지 않으니 택시 기사의 사정을 알아보고 사후 처리를 하라는 사장의 지시가 있었기 때문이었다. 그 얼마 전 땅콩 회항이네, 재벌의 갑질이네 해서 떠들썩하던 분위기는 택시 사건으로 인해 노블리스 오블리제라는 제목을 달고 훈훈한 미담으로 뒤바뀌었다.

루비콘 씨에게 들은 이야기는 모 호텔 사장의 노블리스 오블리제보다 몇 배나 더 눈길을 끌 터였지만 백락사의 주지 스님은 그 모든 일이 공공연히 떠벌려지지 않도록 은밀히 삼갔다. 문득 임하 씨의 머릿속에 끼니 때 밥 짓는 연기조차 민망해하던 실레마을 김유정 생가의 짤막한 굴뚝이 그려졌다.

우리나라의 옛날 양반이나 다른 나라의 귀족은 공통점이 있었다. 대궐 같은 그들의 집에선 꽤나 자주 잔치가 열렸다. 잔치의 내용이야 기쁜 것도 있고 기쁘지 않은 것도 있었을 테지만 어느 것이든 늘 음식은 넘치도록 장만했다. 때문에 동네에서 손을 빌릴 수 있는 사람이라면 누구든 불려가 그 댁 일을 도왔다. 덕분에 동네 꼬마들은 잔칫집에 일손 거들러온 엄마 꽁무니에 붙어 떡이며 전이며 배불리 얻어먹었고, 걸인들은 뜨끈한 밥 한 그릇씩 대접받고도 동냥그릇까지 그득히 채워갈 수 있었다.

뿐인가. 잔치를 맞아 옷을 지어야 할 때는 넉넉하게 몇 벌씩 주문했고, 음식 재료며 잔치에 소용되는 물건들을 그 지역과 멀지 않은 주변에서 융통해 썼다. 양반네가 잔치 한번 하면 장에서 장사하는 사람, 짐 나르는 사람, 바느질하는 사람, 돼지 키우는 사람, 소 잡는 사람, 심지어 거름이 필요한 사람까지 마을 사람 대부분이 콩고물을 얻을 수 있었던 셈이었다.

잔치가 아니어도 양반들의 사치는 끝이 없었다. 양반이지만 가난한 식객이나 여행 중인 과객을 거두어 숙식을 제공하고, 새 것이나 다름없는 옷과 생활용품을 아랫사람에게 나눠주며, 어쩌다 남사당패라도 마을에 들어오면 그들에게 사례하여 동네 사람 모두가 휴식의 즐거움, 일탈의 즐거움을 맛보도록 배려했다. 그때 양반들의 사치는 흠이 아니라 덕이었다. 가진 것을 나누어도 탕진이 되지 않는 넉넉함, 그것이 바로 그들의 사치였고, 그들의 노블리스 오블리제인 셈이었다.

임하 씨는 생각 끝에 오늘날의 부자들을 떠올렸다. 드라마에서나 보게 되는 부자의 집은 너무 높은 담장이거나 혹은 그마저도 없이 우주 캡슐처럼 틈이 보이지 않는 요새였다. 거리 입구에서부터 삼엄한 경비가 시작되어 사람이 지나다니는 길이라는 인상은 애초부터 들지 않는 풍경.

딱딱한 콘크리트 빛, 차가운 납빛. 수직 상승 유리성에서 되쏘는 찌르는 듯한 빛, 빛.

그 배경에서 자라난 보일 듯 말 듯 하는 석연치 않은 웃음들.

언론에 비치는 부자들의 얼굴 모습은 여느 사람의 표정과 다르지 않다. 선량하게 활짝 웃기도 하고, 때론 무표정하다. 그러나 그 무표정 속 눈빛은 자신만만하고 입술 끄트머리는 슬쩍 올라가 있다. 그 표정 속에 우리 모두의 나라, 그리고 보통 사람들과 두루 관계 맺는 '우리'라는 의식이 담겨 있을지 임하 씨는 궁금했다. 그들이 과연 망가진 처마 따위를 오래도록 그냥 그렇게 두고 볼 수 있을지, 임하 씨는 궁금하지도 않으면서 궁금한 모양, 한숨을 푹푹 내쉬며 궁금해하고 있었다.

(2017. 12. 28.)

삐딱한 임하 씨의 삐딱한 일상 · 38

셀카의 딜레마

2년 여. 소설가 임하 씨는 수필가 임하 씨로 전업을 한 모양, 수필 쓰기에 전념한다. 소설가이기를 단념하지는 않았다. 소설의 지면을 얻기 힘든 현실을 감안해서 스스로와 타협하고 쓰기 시작한 글이 '삐딱한' 시리즈다.

임하 씨가 생각할 때 소설과 수필의 차이는 작가가 자기 작품에 어떤 이름을 갖다붙이느냐 하는 정도의 차이인 것 같다. 사실을 그대로 옮겨 쓴 글이지만 곧 죽어도 이것은 소설(허구)이다, 라고 우기면 그 작품은 소설이 된다. 한편 '삐딱한' 시리즈처럼 3인칭 시점을 써서 작가 자신을 하나의 작중인물로 구성한 경우라 해도 이 모든 상황은 사실에 근거하여 썼으므로 수필이다, 라고 우긴다면 이 또한 꼼짝없이 수필이 되고 만다. 박태원이 쓴 『소설가 구보 씨의 일일』이나 '삐딱한' 시리즈는 둘 다 3인칭 시점으로 처리하고 있지만 자전소설인 박태원의 작품이나 수필인 임하의 글이나 서술자는 구보와 임하라는 사실이 그 한 예이다.

눈치 빠른 사람이라면 여기서 중요한 것은 사실이냐 아니냐가 아니라 작가의 의지가 관건이라는 점을 알아차렸을 것이다. 물론 소설은 사실만 다루지는 않는다. 실재하지 않는 인물과 사건이 실제보다 더 실제처럼 꾸며지는 경우가 허다하다. 그와 달리 수필은 실재를 전제한다. 때문에 평범한 삶을 산 수필가의 수필은 '실제보다 더 실제 같은 소설'에 비해 사건의 규모도 작고 재미 또한 소소할 수밖에 없다.

그 소소하고 별 재미도 없는 수필, 임하 씨는 왜 소설이 아니라 수필에 자신을 인물로 제공했을까.

소설에도 리얼리즘이 있다. 인간의 문제, 현실의 문제가 아니라면 소설 속 상상력이 사람들에게 그토록 사랑받을 이유가 없으므로. 화가가 그림을 그리듯 소설이 삶의 어떤 문제를 예를 들어 보여주거나 에둘러 이야기하는 것이라면, 수필은 사진이나 기록처럼 문제된 삶의 한 단면을 비교적 명쾌하게 보여줄 수 있다. 직접 경험한 본인의 이야기이므로. 그런데 수필의 현실이 꼭 그렇지는 않은 모양이다.

'내가 읽은 수필들이 모두 그렇게 적나라하진 않던데. 수필보다는 소설이 언제나 삶의 진실에 더 가까운 것 같단 말이야.'

임하 씨는 단체사진을 즐겨 찍는 편이 아니다. 그런데도 여럿이 찍은 사진에 끼어 있는 자신의 모습을 봐야만 하는 때가 생긴다. 그럴 때마다 임하 씨는 맨 먼저 사진 속 제 모습을 확인한다. 잘 나왔는지, 못 나왔는지. 결과는, 실물보다 사진이 항상 잘 나온다는 주변의 칭찬이 믿기 힘든 거짓일 뿐이라 되뇌는 걸로 끝나지만 말이다.

임하 씨뿐이 아니다. 누구나 자기가 가장 잘 나온 사진을 좋아한다. 임하 씨는 수필이 제 모습을 제가 찍는 '셀카'와 같다고 생각한다. 사진이 가장 잘 나온다는 각도로, 가장 멋져 보이는 표정을 지은 채, 자신과 남을 확실하게 구별할 수 있는 얼굴에 가장 근접해 찍는 셀카.

'한마디로, 이상적인 자신의 모습을 남들에게 보여주고 싶은 거겠지. 자, 나는 이런 사람입니다—. 어때요? 꽤 매력 넘치지 않습니까?'

소설에서는 각양각색의 인물이 떼로 등장해도 소설가 자신과는 별 상관이 없는 경우가 많다. 그러나 수필에 등장하는 '나'는 남에게 어떻게 보일지 언제나 면밀히 검토되고 신중히 평가된 후에 선택되어진다. 마구잡이로 다 썼다가는 안 팔아도 될 못나고 몹쓸 쪽까지 다 팔게 될 게 불 보듯 빤하니까.

그렇다면 수필 속 '나'는 어떻게 드러나는가. 누군가에게 질문을 받은 것처럼 임하 씨는 답을 찾는다. 모든 문학 장르가 공통적으로 작가의 가치관을 드러내기는 하지만, 그 가운데서도 수필은 '나'가 체험한 세상, 그 실제 경험의 단순한 기록을 넘어 '나'가 어떤 잣대로 세상을 바라보고 평가하는지에 대한 기준을 제시하는 거라 여겼다. 누구나 비슷한 삶을 살아가지만 너무나 당연해서 놓쳐버리거나 무시했던 것들에 각별한 관심을 가지고 바라본다거나, 사물이나 현상을 살피는 충격적인 눈매를 가진다거나, 삶의 파편적이고 혼란스러운 단면을 정교하게 관찰하고 해석하는 사고. 그 모든 것의 의미를 파악하고, 벌어지는 현상에 의미를 부여하는 작업. 그 지각 능력이야말로 '나'를 드러내는 얼굴일 거라고.

임하 씨도 그랬는지 모른다. 이미 누구나 알고 있는 진부한 내용을 나만 겪은 새로움이자 깨달음인 양 뒷북치고 되풀이하는 글쓰기. 주어진 삶에 의심 없이 순응하거나, 흔히 말하는 '착한' 감수성으로 자연과 옛 시절은 언제나 아름답다고 말하는 글쓰기를 했었는지도. 그러나 지금은 이런 수필들이 못 견디게 답답하다. 수필이 시작되기 전부터 수필에는 엄연한 공식이라도 있다는 듯 상투적인 것을 별 생각 없이 따라하는 모든 글쓰기. 찬란한 인생과 감동적인 인간애, 살맛나는 세상을 사는 기쁨이나 말랑말랑하고 쉬워 보이는 미래와 열기구처럼 둥둥 떠오르는 희망, 글이 끝나는 즉시로 뒤집어질 헛된 각오와 다짐들. 거짓 행복과 거짓 웃음을 차지한 순진한 기만이 만들어낸 공허함….

생각에 빠진 임하 씨의 얼굴에서 흉할 정도로 깊이 팬 주름들이 짙어진다. 지독한 굶주림에 시달린 사람처럼 임하 씨의 예민한 위가 부글거린다. 끓어오른 신트림에서 조급한 통증의 냄새가 난다. 가슴 속 아궁이를 쑤석거려 뭉게뭉게 연기를 피워 올리고 싶다.

"셀카니까. 그래, 셀카지. 하지만 수필이 사진은 아니지. 그저 예쁜 얼굴이나 잘난 몸매 정도 드러내 보여주는, 만들어진 셀카는 더더욱 아니지. 마음에 들게끔 직접 찍은 사진을 보며 스스로 만족해하고, 남들로부터 예쁘다는 찬사를 받는 게 예술은 아닐 테니까. 이제껏 습관처럼 세상을 보던 태도를 버리고, 보기 좋은 것보다는 진실을 찾으려는 엄격하고 배짱 있는 의지, 날것이고 발가벗었다고 창피해 하기보다는 현실이 감춘 진짜를 밝히고자 하는 노력. 그게 필요할 거야."

그러나 아무리 달라져야 한다, 다르고 싶다고 '이 연사 외쳐'도 임하씨라고 별다를 재주는 없다. '현실', '사실', '진실', '아름다움', '의지'… 이와 같은 단어들을 줄지어 내세워도, 제아무리 애쓰고 노력해도, 훌륭한 작가정신을 좇는다 해도, 태생부터 '나'로 제한되어버린 수필 형식. '나'를 벗어버릴 수 없는 한계. 따라서 벗고 또 벗어도 어느새 요란스레 찍어 바르고 의식적인 웃음을 걸쳐 입고 마는 피사체로서의 '나'를 발견하게 되는 것. 무색하게 되어버린 항변과 주장 앞에 임하 씨는 입이 쓰다.

그래도 지금 임하 씨에게 부여된 최고의 소명은, '나'를 대상으로 삼아 인간을 설명하는 것이다. 예술로, 글로, 지금은 '삐딱한'이라는 수필로, 진실과 아름다움을 둘러싼 비밀스런 혼란의 틈을 엿보려는 행위 말이다.

(2018. 1. 4.)

2018 일상, 일상

5장

착각

A는 다음과 같은 착각에 사로잡혀 있다. 즉, 이 세상의 단조로움을 그는 견뎌낼 수가 없다는 것이다. 그러나 잘 알려진 바와 같이 이 세상은 엄청나게 다양하며, 그러한 사실은 한 줌의 세상을 취해 자세히 살펴보면 언제든지 확인할 수 있다. 그러므로 세상의 단조로움에 대한 한탄은 세상의 다양성과 충분히 속속들이 뒤섞일 수 없음에 대한 한탄이다.

— F. 카프카

삐딱한 임하 씨의 삐딱한 일상 · 39

딸딸이 엄마

나다운 나 씨가 임하 씨의 배 속에 들었을 때. 임하 씨는 혼자서 갈비 5인분에 왕갈비탕까지 먹어치울 정도로 대식가였다. 배는 옆구리까지 두툼하게 부풀어 있었고, 포만감에 지친 태아도 태동을 할 땐 나무늘보마냥 느릿느릿, 뻗쳐 내민 발뒤꿈치로 뱃가죽을 밀어낸 채 어지간해선 도로 집어넣을 기미를 보이지 않았다. 그것도 이따금씩만. 때문에 주변에서는 배 모양이나 산모의 먹성, 걸음걸이, 태동 등으로 미루어 아들이 틀림없다고 했다. 임하 씨도 산달이 가까워지기까지 당연히 아들일 줄로만 알았다.

몇 차례 용기를 내서 아들인지 딸인지 알려달라고 물었으나 의사는 꿈쩍도 하지 않았다. 그러더니 예정일이 다 돼서야 한다는 말이, "분홍

색 옷으로 준비하세요"였다.

"잠깐만요! 벌써 소라 색으로 다 준비했는데요!"

이불과 옷가지 등의 색이 안 맞으니 아이 성별을 바꿔달라는 투로 임하 씨가 항의했지만 의사는 이미 저만치 멀어진 후였다.

여전히 질풍노도 씨는 배 속에 있을 때부터 영락없는 딸이었다. 동그랗고 볼록한 배 모양에 쉼 없이 꼼지락거렸다. 키우면서 보니까 임신 때 보였던 각기 다른 징후는 성별의 차이 때문이 아니라 아이들의 성격 차이에서 비롯된 것이었다.

아들이라 의심하지 않았던 친가에서는 실망이 이만저만이 아니었다.

"아버지, 방금 애기 낳았어요. 손주요."

"손자라고?"

"아니요, 손주요."

"손자?"

"아니요…, 딸이라고요…."

잘못이라도 한 것처럼 기어들어가는 소리로 아기 아빠가 대답하자 친할아버지는 헛기침을 길게 하곤 전화를 끊어버리셨다.

친할머니는 자라나는 손녀들을 볼 때마다 걱정스런 투로 말씀을 하셨다.

"딸이라도 둘이나 있으니 얼마나 다행이냐. 애를 아예 못 낳는 사람도 있는데 저것들이라도 있으니 덜 섭섭하지."

외할머니는 한술 더 떴다.

"내가 딸밖에 못 낳아서 결국 니 아버지랑 갈라섰는데 너도 딸만 낳아서 어쩌려고 그러니. 셋째 더 낳아보지?"

희한하게도 그즈음 임하 씨 주위에서는 아들만 둘씩 낳는 경우가 많았다. 딸딸이 아빠는 술이 거나하게 취하면 농담처럼 푸념을 했다.

"딸들도 좋긴 한데요. 아들이 없어서요. 등 밀어줄 아들이 없어서요."

속이 상하지 않았다면 말짱 거짓말이지만 임하 씨는 우기기로 이때까지 버텼다.

"나는 아들을 낳아본 적도 없고, 키워보지도 않아서 아들 못 가진 섭섭함은 전혀 알지 못해. 딸밖에 없으니 딸 좋은 점만 왕창 알 뿐이지. 내 자식인데 딸, 아들 구별이 다 웬 말이냐!"

십 년 전쯤이었다. 술자리에서 임하 씨보다도 어린 한 사내가 코웃음을 치며 말했다.

"세상이 변해서 딸이 더 좋다고요? 그걸 지금 말이라고 해요? 기껏 내가 힘들여 벌어놓은 재산을 성도 다른 사위 놈한테 홀랑 다 뺏기는 게 어떻게 더 좋다는 말이에요?"

사내는 첫 딸에 이어 이런저런 노력 끝에, 양수천자까지 해서 어렵사리 득남을 한 터였다. 물려줄 재산이 많아 저런 생각을 하는가, 임하 씨는 의아했다. 사내의 생각이 어떻든 세상은 이미 많이 변했다. 아이가 하나 둘뿐이라 딸, 아들 가리지 않고 누구나 제 자식을 소중히 키운다. 임하 씨도 마찬가지다. 다 자란 두 딸은 임하 씨에게 든든한 동지이고, 속을 털어놓을 수 있는 애정 깊은 벗이기도 하다. 딸딸이 아빠에겐 미안한 일이지만, 특히나 목욕탕에 갈 때는 어찌나 흐뭇한지.

하지만 아들을 못 낳은 데 대한 즐겁지 않은 지난 날들이 없었던 일이 되지는 않는다. 딸밖에 없기 때문에 아들 없는 아쉬움도 알지 못하고, 아들이 줄 수 있는 좋은 점도 알 수 없다는 임하 씨의 말 속에는 내 경험 밖의 모든 사정에 대해선 모르쇠가 되겠다는 외통의 모습이 숨겨져 있다.

십수 년 전, 동생의 예닐곱 살밖에 되지 않은 외동아들과 임하 씨가 크게 다툰 사건이 있었다. 동생에겐 위로 딸이 둘, 막내인 외동아들이 있다. 사내 조카가 태어났을 때 임하 씨는 마치 제가 낳은 양, 아들 못 낳은 서러움이 조금쯤 풀린다는 듯이 목에 힘을 주었었다. 그런데 아이들이 어느 정도 커서 동생네와 찜질방을 가려니 아빠들이 빠진 자리에 남자는 그 녀석 하나뿐이었다. 남탕에 미리 말해놓을 테니 혼자 들어가서 때 밀고 옷 갈아입고 찜질방으로 오너라 했을 때 녀석은 완강하게 도리질을 했다.

"눈이 있으면 좀 봐라. 남자가 너 하나뿐인데 어쩌라고?"

녀석은 큰이모인 임하 씨의 성화는 아랑곳없이 제 엄마만 들볶아댔다.

"어쩌라는 거냐고!"

임하 씨가 언성을 높이자 녀석이 울며불며 제 엄마를 붙들고 말했다.

"엄마가 같이 들어가자고오—. 아니면 나도 누나들이랑 같이 간다고오—."

엄마가 같이 남탕에 들어가 주거나 아니면 저도 같이 여탕에 들어가겠다는 말이었다.

"그게 말이야, 망아지야! 아무리 어리지만 말이 되는 소리를 해야지!"

실랑이 끝에 결국 찜질방 행은 무산되었다. 녀석을 달래던 동생도 임하 씨에게 서운한 마음에 눈물바람을 하고야 말았다.

"언니도…, 언니도 아들이 하나쯤은 있었어야 했는데…. 그랬으면 좋았을 텐데…."

세상은 진짜 많이 변했다. 젊은 예비 아빠들이 공주 같은 딸을 낳고 싶다며 부푼 기대를 드러내 보이거나 딸바보를 자청하는 세상이 되었으니 말이다. 고부갈등만큼은 아니지만 장서갈등이란 말도 이젠 귀에 설지 않게 되었으니까.

그러나 남아선호 세상의 끝자락에서 억울한 죄인의 역할을 맡아봤던 임하 씨는, 평화로운 성평등의 세상 속에 이제는 절대로 들어갈 수 없게 돼버린 임하 씨는, 그 젊은 예비 아빠들의 부푼 기대처럼 이물 없이 환하게 웃을 수는 없이 되고 말았다. 그 사실을 모르지 않는 임하 씨는 어제와 다르지 않은 오늘을 살다가도 문득 문득, 안타까워하며 나지막히 말하던 동생의 푸념을 떠올린다. 그 말을 할 때의 동생 표정이 떠오를 때마다 임하 씨는 답답한 듯 몇 번이나 숨을 크게 몰아쉰다.

외통. 그것은 외통이었다. 조카 녀석에게 유난히 가혹했던 임하 씨의 처사 속에는, 네가 내가 못 낳은 누군가의 자랑스러운 아들이기 때문에 나로부터 미움을 받아야 한다는, 어그러지고 불구가 된 역차별이 숨겨져 있다는 사실을 임하 씨는 모르지 않았던 것이다.

"세상이 덜 바뀐 게지. 아직도 바뀌려면 먼 거지. 나부터 바꾸지 않고서야…."

(2018. 1. 18.)

삐딱한 임하 씨의 삐딱한 일상 · 40

엄마의 두상

알베르토 자코메티 전시회에서였다. 초기 작품인 〈아버지의 두상〉 앞에서 임하 씨는 오래 머물렀다.

자코메티는 후기인상파 화가인 아버지 지오반니 자코메티의 지지와 후원으로 미술세계에 입문한다. 열네 살에 아버지가 사준 점토로 동생의 두상을 처음 제작했고, 조각가로서의 재능이 뛰어난 그는 스물일곱 살에 아버지의 흉상도 몇 점 만든다. 그는 자신이 본 대상을 최대한 기억해서 모델링을 시작한다고 말했다. 그의 나이 서른세 살에 아버지가 세상을 떠나지만 그는 다음날이 되어서야 아버지가 누워 계신 집에 도착한다. 그리고 아버지의 무덤을 위해 묘석을 만든다. 앞에는 새와 별이 있고 뒤에는 아버지의 흉상이 있는 묘석이었다. 이듬해 말까지 그는 아버지의 작품을 전시하기 위해 노력한다.

전시된 작품은 원형 버전 3번이었다.

'내 딸들이 조각가였다면, 엄마인 내 모습을 자코메티처럼 만들었을까?'

그러나 곧 의도치 않은 생각이 임하 씨의 머릿속을 점령했다.

'아니. 예술의 예 자도 가까이 하지 않는 딸들 말고. 너는 네 엄마에 대해 쓴 적 있니? 저렇게 조각하듯이?'

당연히 반사적으로 반발이 일었다. 딸이 무엇을 잘하는지, 자라서 무엇이 되고 싶은지, 곁을 지키지 못했던 엄마는 그만큼 자격과 권리를 가질 수 없었다. 그런 이유로 임하 씨는 언제나 엄마에게 당당했다. 쌀쌀맞았고, 세운 손바닥을 펴 내보이며 거리를 좁히지 못하도록 접근을 막았다. 그런데 얼토당토않게 글이라니.

모델링이란 대상을 관찰하여 그 형태를 형상화하는 작업을 말한다. 알베르토 자코메티는 아버지의 두상을 조각하기 위해 아주 오랜 시간 아버지를 응시했을 것이다. 후기 작품과 달리 실물에 가까운 모습인 〈아버지의 두상〉은 깊은 응시를 통해 형상화된 작품인 것이다.

아버지의 눈을 쳐다보고, 만들고, 거듭 만지고.

아버지의 코를 쳐다보고, 만들고, 거듭 만지고.

아버지의 입을 쳐다보고, 만들고, 거듭 만지고.

아버지를 오래, 깊이 쳐다보고.

아버지와 똑 닮은 아버지의 두상을 쓰다듬듯이 만지고, 만지고, 또 만지고….

그 긴 과정 동안 그는 아버지와 어떤 교감을 나누었을까. 아버지에 대해 어떤 생각을 하고, 어떤 기억을 떠올렸을까. 자신을 믿고 이끌어 준 아버지에 대한 애정만이 차고 넘쳤을까? 사람과 사람 사이에서 애정만 가득한 관계란 가능한 것일까?

임하 씨는 궁금했다. 그리고 막연히 안타까웠다. 그리고 어쩐지 막막했다.

이제 마음을 고쳐먹고 엄마에 대해 짧은 글이라도 써야 한다면, 왜 그래야 하는지 아직도 답을 얻지 못했지만, 그래도 써야 한다면, 대체 뭘 써야 할까.

임하 씨는 동생에게 문자를 보냈다.

— 네 엄마 무슨 띠니?

임하 씨의 엄마는 큰딸이 자신을 지칭할 때마다 '니네 엄마'니, '니네 할머니'니 하는 말이 듣기 싫다고 했다. 하지만 자신을 향해 차게 눈 흘기는 큰딸의 얼굴을 대하고 나면 그마저도 더는 불평할 수가 없었다.

— 50년생 범띠.

— 열아홉에 나를 낳았다고? 그보다 더 어려서 낳지 않았어?

생모의 나이를, 제 나이 쉰한 살이 되어 동생에게 물어보면서도 임하 씨는 전혀 주저함이 없었다. 오히려 제 앞가림도 못할 어린 나이에 아이나 덜컥 낳아버린 철없는 여자라 말하는 데 거리낌이 없었다.

열여덟 살 차이면, 엄마도 눈앞에 칠십을 바라보고 있을 나이였다.

●

그 사이 유방암 수술을 크게 받았고, 한쪽 젖가슴이 없다는 이유로 몇 년 만에 만난 딸들과도 함께 목욕을 하지 않았다. 고혈압이 심했고, 무릎 관절이 나빠져 걷기도 힘들다고 했다.

"노인이었구나…. 언제 이렇게 늙어버린 거지…?"

같이 늙어가는 임하 씨가 저도 모르게 혼잣말을 중얼거렸다. 세 살이 못 되어 엄마가 죽고, 배다른 동생 돌보기 서러워 열두어 살에 가출을 하고, 열아홉에 첫딸을 낳고, 그 뒤로 줄줄이 딸 둘을 더 낳고, 서른한 살에 이혼하고, 식당 허드렛일을 하며 십수 년을 쪽방에서 혼자 살고.

"그러고 보니 지금 내 나이 될 때까지 제대로 잘 산 적이 없었구만. 오십 년 세월이 어디라고. 참, 그 인생도…."

수능 끝났다고 어설픈 화장을 하곤 깔깔거리며 거리를 활보하는 고3 여고생들을 눈에 담으며, 임하 씨는 그 나이에 혼자 애를 낳던 제 생모를 더듬거렸다.

어느 날, 딴생각을 하며 멀거니 거실 벽에 걸린 가족사진을 보다가 임하 씨는 깜짝 놀랐다.

"니네 할머니가 왜 이 사진 속에 들어 있냐?"

"할머니는 무슨 할머니야, 엄마고만. 그러고 보니 둘이 되게 닮았네."

"니네 할머니랑 나랑 왜 닮냐? 기분 나쁘게…."

말은 그렇게 하면서도 임하 씨는 사진에서 눈을 떼지 못했다. 진짜 많이도 닮았구나, 눈도 다르고 코도 다르고 입 모양도 다른데 어쩌자고 이렇게 똑같이 생긴 거냐, 임하 씨는 기억 속 생모의 모습을 끄집어내 자신의 모습과 여러 번 번갈아 보았다.

"어쩌면 글을 쓸 수 있을지도 모르겠다. 아직 썩 내키는 건 아니지만 아주 싹수가 없진 않을 것 같아. 그런데 뭘 알아야 쓰지."

자코메티의 대표작 〈걸어가는 사람〉은 상체를 갸웃 앞으로 기울이고 보폭을 크게 해서 걷고 있다. 전시회장 벽면에는 검은 글자들이 뚜렷했다.

'마침내 나는 일어섰다./ 그리고 한 발을 내디뎌 걷는다./ 어디로 가야 하는지 그리고/ 그 끝이 어딘지 알 수는 없지만,/ 그러나 나는 걷는다. …'

모자라고 비틀리고 퉁명스런 애정이 만들어낼 글의 모양이 어떨지는 알 수 없다. 어쨌든 쓰기 위해선 들여다보고 또 들여다보고, 본 모습을 기억에 담고, 만들고, 그리곤 꼼지락 꼼지락, 내내 만지작거려야만 할 것이다. 혹시 그 모습이 실물과 많이 다른, 손을 대다보면 자꾸 작아지기만 하던 자코메티의 손가락만한 조각상들처럼, 오롯이 임하 씨의 삐딱한 시선으로만 배배 꼬인, 적지 않게 남루하고 전혀 아름답지 않은 모습일지라도, 어쨌든 임하 씨는 '엄마의 두상'을 언제고 자꾸만 만지고 또 만지게 될 것만 같은 예감이 들었다.

(2018. 1. 18.)

삐딱한 임하 씨의 삐딱한 일상 · 41

거창한 상생

늦은 출근길. 저만치로 따가운 볕을 피해 좁은 그늘 아래 구겨 서서 담배를 물고 있는 사내 둘이 임하 씨의 눈에 들어왔다. 사내들과 임하 씨 사이, 한 뼘 그늘도 없는 도로 위에는 조끼를 입은 할머니와 할아버지 몇 분이 쓰레기봉투와 집게를 든 채 땅바닥을 연신 훑는 중이었다. 쓰레기봉투 속은 방금 주워 담은 담배꽁초와 휴지 조각들로 밑바닥만 간신히 덮여 있었다.

뒷산에 오르다 보면 산길에 떨어진 쓰레기를 검은 봉지에 주워 담는 아저씨를 가끔 볼 수 있었다. 누가 시키지 않아도 제 눈에 거슬리는 쓰레기를 거둬들여야 산이 더 산답고 마음도 깨끗해진다는 생각으로 하는 행동이려니, 임하 씨는 넘겨짚었었다. 그래서 임하 씨도 산길에 이런저런 쓰레기를 한두 번 주운 적이 있었다. 늦은 출근시간, 쓰레기 줍는 노인들도 자주 보게 되는 일상의 모습이었다. 하지만 비가 올 때조차 우산까지 받쳐 들고 쓰레기를 주우러 다니는 노인들을 보면 임하 씨는 이상하다 싶었다.

'비가 오는 날이나 이렇게 더운 날까지도 집에서 쉬지 않고 봉사를 하러 다니시다니. 희한하네. … 아니, 근데 저 사람들이?'

담배 피우는 사내들 가까이까지 걸어갔을 때였다. 한 사내가 담배꽁초를 길바닥에 휙 내던졌다. 임하 씨는 반사적으로 쓰레기 줍던 할머니의 눈치를 살폈다.

"야! 왜 꽁초를 길에다 버리고 그래. 여기, 지금 할머니가 꽁초 주우시는 거 안 보여?"

함께 담배를 피우던 사내가 임하 씨가 하고 싶었던 말을 대신해 주었다. 그런데 야단맞은 사내가 무어라 반응하기도 전에 곁에 있던 할머니가 사내들을 쳐다보며 말했다.

"버려도 돼요오—."

'버려도 된다고라?'

놀란 임하 씨는 걸음을 늦추며 할머니와 사내들을 번갈아 보았다. 다 타들어간 줄도 모르는지 손가락 사이에 꽁초를 끼고 있던 사내 또한 멍한 표정으로 할머니를 바라보았다. 할머니는 사내들을 흘깃 쳐다보고는 어색한 웃음을 지었다.

"버려진 게 좀 있어야 우리도 주워 가서 빼주고 푼돈이라도 받아쓸 거 아니오."

아—. 자원봉사가 아닌 모양이었다. 임하 씨는 뒤로 돌아가 있던 얼굴을 제자리에 돌려놓곤 그제야 사소한 궁금증 하나가 풀렸는지 굼뜨게 고개를 주억거렸다.

'그랬구나. 공공근로였구나. 에고….'

쓰레기를 함부로 버리지 말라고 어려서부터 교육하고 홍보를 해도 소용이 없다. 저런 곳에 어떻게 쓰레기가 있을까 싶은 심산의 절벽이나 사람의 발길이 닿기 힘든 깊은 계곡에도 여지없이 사람의 흔적은 흉물스럽게 내버려져 있기 일쑤다. 사람이 지나다닌 길마다 어김없이 쓰레기 천지다. 버리는 사람은 버리고, 줍는 사람은 줍는다. 망가뜨리는 사람은 망가뜨리고 고치는 사람은 고친다. 사람들은 버리고 망가뜨리는 사람이었다가는, 줍고 고치는 사람이 되기도 한다. 너무 많은 사람들이 사는 세상이니 어쩔 수 없겠지. 버리는 속도와 양을 따라잡아 줍는 사람이 늘어나지 않는다면 쓰레기 미래를 어떻게 막을 수 있을까. 임하 씨는 아름답기로 소문난 어느 바닷가에서의 기억을 떠올렸다. 해변은 온통 쓰레기 범벅이었다. 구경만 했을 뿐 쓰레기는 버리지도 않은 임하 씨조차 죄 지었다는 마음으로 돌아오는 발걸음이 질펵거렸던 기억.

그래서 일자리도 만들고 동네도 깨끗이 하자고 공공근로사업을 한다. 만약 시민들이 쓰레기를 하나도 버리지 않고, 실수로 버려진 쓰레기조차 산에서 본 아저씨처럼 다 줍고 다닌다면 노인의 일자리 하나는 삭제해야 할 것이다. 공공의식이 몸에 밴 사람들이 선의로 한 행동이 어떤 약하고 가난한 사람들의 일자리를 뺏는다는 혐의를 받게 된다면? 프랑스 사람들이 쓰레기를 마구 버리는 논리 속에, 도시 청소부의 일자리를 뺏으면 안 된다는 매우 그럴듯한 상생의 배려가 깔려 있었다는 이야기는 오래 전 우스갯말만이 아니었던가?

여기까지 쓴 임하 씨가 가만히 웃었다. 눈알을 데굴데굴 굴리는 폼이 뭔가 꿍꿍이가 있는 듯했다. 임하 씨는 글 쓰는 지인 몇에게 여기까지 쓴 글을 봐달라고 부탁했다. 읽고 나서 드는 생각을 말해달라는 당부까지 곁들여서.

며칠 지나 지인들에게서 회신이 왔다.

먼저, 천안 사는 후배였다.

"길거리의 쓰레기를 보면서 욕을 하는 사람과 쓰레기를 마구 버리는 사람들. 그 두 부류의 사람들을 생각하게 됩니다. 아무도 쓰레기를 버리지 않아 노인의 일자리가 사라진다면, 그건 정말 좋은 일이라는 것도요. 그만큼의 '푼돈'을 노인무상복지에 쓸 수도 있을 테니까요. 물론 이 일은 세금을 운용하는 사람들의 역량에 따라, 이 사회의 도덕성에 따라 결국 이상만으로 그치게 될 가능성이 크겠지만요. 불법 플래카드가 나붙어도 공무원들이 어느 정도 방관하는 이유가, 그걸 떼어 치우는 사람들을 먹여 살리기 위해서란 말을 들은 적이 있습니다. 어찌나 소모적이란 생각이 들던지."

비단 노인뿐 아니라 취약 계층을 위한다는 명목으로 벌이는 공공사업들이 얼마나 병들기 쉬운지, 믿음을 잃기 쉬운지, 그 문제점을 깊게 들여다봐야 한다는 생각이 들게 하는 답이었다. 하지만 그 '푼돈'이 어떻게 쓰이는 게 정말 좋은 일인 걸까. 필요 이상으로 생각 많은 임하 씨는 나중에 이 문제에 대해서도 생각해봐야겠다고 생각했다.

서울 사는 후배는 이렇게 말했다.

"'깨진 유리창 이론'이 생각나네요. 방치된 유리창이 계속적인 파괴를 부르듯, 누군가 화단 옆에 버리고 간 종이컵 하나가 다음날에는 거대한 쓰레기더미가 되기도 하죠. 쓰레기를 버리지 않는 시민의식과, 공공근로를 통해 생계에 보탬을 삼는 사람들은 공동체의식에 대한 정반대의 답을 요구하고 있네요. 정답이 없는 문제라서….

개인적으로 불가피하게 쓰레기를 버리는 사람도 있지만 대부분 무신경하게 버리는 사람이 더 많지요. 결국 투기꾼은 영원한 투기꾼이고(그게 직업이든 아니든), 줍는 사람만 계속 줍게 되지요. 사회적 생산성이라는 면에서는 아주 최악의 사회비용을 쓰는 셈이죠."

그랬다. 언젠가 임하 씨는 길바닥을 샅샅이 살피며 걸었다. 담배꽁초가 많긴 했지만 다른 쓰레기도 그만큼 많았다. 과자 봉지는 흔하지 않았지만 사탕 껍질이나 씹다 버린 껌은 흔했다. 담뱃갑도 더러 보였고, 가장 많은 것은 광고 종이였다. 명함 크기만한 광고지는 길바닥 여기저기에 즐비했다. 그것은 버렸다고 보기보다는 광고를 위해 뿌려진 종이였다. 그런데 겨울이 되면 쓰레기 줍는 노인들이 보이지 않았다. 그래서 겨울에는 다른 계절보다 길가에 작은 쓰레기가 먼지처럼 뭉쳐 있기 일쑤였다. 가끔 바퀴 달린 들통을 밀고 다니는 중년의 사내가 집게로 눈에 띄는 쓰레기를 주워 담았지만 깨끗이 치우기엔 역부족이었다.

그렇게 길바닥을 훑던 임하 씨가 혓구역질을 했다.

"저런 쓰레기는 주워 담기나 하지! 왜 이렇게 사람들이 가래나 침을 마구 뱉는 거야! 제 속에나 담고 있어야 더럽지 않을 것들을 말이야. 아이고, 비위야…."

중국어가 유창한 젊은 후배도 답을 해왔다.

"답도 없고, 근본적으로는 개인의 힘만으론 어떻게 할 수 없는 문제이지만(사실 저는 이 딜레마보다는 어르신들이 이렇게라도 살아야 하는 문제 자체를 중요하게 봤거든요), 독자들이 이런 상황과 공공근로로 근근이 생활해가는 취약한 사람들이 있다는 사실에 대해 관심을 가지고 변화를 모색한다면 지금보다는 더 나은 세상을 만들 수 있으리라 생각해요."

그리고 덧붙여서 글에 나오는 공공근로의 내용을 궁금해했다. 임하 씨는 아는 대로 알려주었다. 일주일에 사나흘, 하루 두세 시간 줍고 이십만 원 남짓 받는 걸로 알고 있다고. 정확한지는 모르겠지만 그 정도의 노동은 어르신들에게 운동도 되고 용돈을 벌어 쓰며 사회 역할에 대한 긍지도 가질 수 있어 좋을 것 같다고.

방과 후 보행지도에 대한 노인 공공근로도 보았다는 임하 씨에게 후배는, 정책적으로 공공근로나 비슷한 제도들이 잘 자리 잡히고 확대되어서 어려운 이웃들에게 기회가 돌아갔으면 좋겠지만 하필 쓰레기 줍는 일을 해야 한다면 어르신들도 좋지만은 않을 것 같다며 걱정했다.

“그래? 나는 막 늙는 중이라 그런지, 젊어서는 놀면서 복지기금이나 축내며 빈둥빈둥 탱자탱자 놀며 살았으면 좋겠다 싶었는데, 막상 내 역할을 할 수 있는 능력도 뭣도 줄어드는 나이가 되고 보니까 뭐든 사회 성원으로서의 내 몫을 하고, 그걸로 내 생계를 어느 정도 해결하고 싶다는 소망도 갖게 되던데? 쓰레기를 줍든, 화단에 꽃을 심든, 블록 사이의 잡초를 뽑든, 내가 일하고 버는 돈이라면 그 푼돈이 나를 당당하게 해줄 것 같거든.”

착한 후배는 그럴 수도 있겠다며 임하 씨를 거스르지는 않았지만 그래도 어르신들이 좀 더 안정적이고 힘들지 않은 일을 했으면 좋겠다는 바람을 전해왔다. 임하 씨는 마치 자신이 복지부 장관이라도 되는 양 고개를 끄덕거렸다.

논술교사를 하고 있는 어린 후배의 생각은 이랬다.

“도덕을 현실의 이유만으로 얼마나 쉽게 뒤집을 수 있는지, 그런 사례들은 없는지 생각해보았습니다. 분명 그런 일들이 주변에서 흔하게 일어난다는 사실을 알고 있지만 구체적으로 말할 수 없는 저의 무관심을 반성하게도 되었고요. 복지 사각지대와 세금이 적잖이 낭비되는 이름 좋은 제도들 간의 간극도 좁혀져야만 한다고 생각했어요.

그런데 얼마 전 수업을 하면서 길가에 쓰레기통이 많아져야 할까, 없애야 할까, 주제를 정했었어요. 그때 쓰레기통을 없애야 한다고 주장했던 아이가, 쓰레기 줍는 분들도 먹고 살아야죠, 라는 뒷받침 문장을 썼던 게 떠오르네요."

학생들을 상대로 교육을 하는 후배는 원칙을 앞세웠다. 쓰레기 줍는 할머니를 위해 길바닥에 담배꽁초를 버리는 행동은 도덕에 어긋난다는 뜻이리라. 따라서 쓰레기를 버려선 안 된다. 논술교사 후배에게서 답은 아주 쉽게 나와버렸다.

이 말을 전해들은 임하 씨의 친구 한 명은 이렇게 말했다.

"그 할머니들이라고 해서 길바닥에 쓰레기 버리는 행동이 잘하는 짓이라고 생각하는 건 아닐 게 분명해. 하지만 도덕과 원칙이 언제나 먹고 사는 일보다 우위의 가치일 수는 없다고 생각해. 어느 것이 절대 진리나 가치가 되어서 자기 외의 다른 모든 것들을 옥죄어서는 곤란하지 않겠어? 내 말은 다들 몰라서 이런 문제가 생기는 건 아니란 거지."

학생의 주장에 대해 임하 씨도 친구에게 하고 싶었던 말을 했다.

"우스운 일이긴 하지만 말이야. 쓰레기통이 없는 도시에서, 문화인이라는 도시인들은 테이크아웃 종이컵을 함부로 버리잖아. 어찌나 구석구석 버려놓는지 회사들이 입주해 있는 빌딩 밀집도시일수록 종이컵이 수북하다는 뉴스도 많이 나왔고. 게다가 다 마시지도 않아 내용물이 담긴 종이컵들은 폭염엔 곰팡이 꽃밭이 되고, 한파엔 얼어붙어 데굴데굴 길바닥 위에서 공처럼 굴러다닌다니까. 앞으로 50원에서 100원 정도 일회용 컵 보증금 제도를 활용하면 누군가는 또 용돈을 벌게 되겠지."

수원에서 학교에 근무하는 후배에게서도 긴 답이 왔다.

"버리고, 줍고, 망가뜨리고, 고치고. 결국은 사람이 하는 일인데 그것이 어떻게든 흔적으로 남는다는 게 저에게는 좀 다른 의미로 와 닿았어요. 의식이라는 건 누구에게나 있는 거잖아요. 각자 판단하고 결정과 선택을 하게 하는 의식 말이에요.

사회정책이란 합당한 목표와 합리적인 성과를 내야 하는 게 맞긴 하지만, 언제나 목표와 결과가 원하던 모양대로 맞물리는 건 아니라서, 좋은 의도와 마음을 가지고 시작한 일이 성과에 대한 압박으로 성격이 변하기도 하지요. 그 변질이 또 개개인들의 상생 속에서 예기치 못한 모습으로 드러나기도 하고요.

결국은 어디서부터 무엇이 왜 어떻게 잘못된 것인지 인식할 틈도 없이, 애초부터 잘못된 일을 벌이기라도 한 것처럼 판단을 흐리게 만든다는 것을 이 글을 통해 느꼈어요.

같은 장소, 상황에서 누군가는 버리고, 누군가는 줍고. 또 누군가는 죄책감을 느끼고.

각자가 하는 행동과 생각에 저마다 이유가 있고, 인식도 다르게 할 수 있다는 것.

'거창한 상생'은 사람이 어떤 식으로든 만들어내는 흔적에 대해 말하고, 상황에 따라 바뀌는 사람의 인식과 의식, 판단들이야말로 우리가 겁내야 할 흔적이 아닐까 생각하게 만들었어요. 그래서 바닷가에서 내가 버리지도 않은 쓰레기를 보고 죄의식을 가졌다는 임하 씨의 모습이 인상 깊게 남았고요.

학교에서도 노인 일자리 사업 많이 하는데요. 사실 취지는 정말 좋은데도 시간이 흐르면서 아무래도 개인의 편의와 이익에 따라 서로 다툼이 벌어지기도 하면서 취지가 바래지요. 그래서 저는 이 글이 무겁게 느껴지나 봅니다."

목 디스크가 심한 임하 씨가 후배의 말에 크게 고개를 끄덕였다.

"낱낱의 사람들이 득실을 따져 판단이나 관점을 달리할 수밖에 없는 의식이라면, 그 무게는 참을 수 없이 가벼울 거야. 사람들은 이런 문제가 불거지면 저마다 자기 주장에 근거를 내세우지. 나는 그런 생각이 들더라고. 쓰레기는 누가 일부러 버리지 않아도 사람이 머물던 곳엔 그림자처럼 따라붙은 건데, 작은 쓰레기만 안 버리면 본인은 이 골치 아픈 문제에서 빠질 수 있다고 너무나도 단순하게 생각하는 사람들이 안타깝더라고."

사람들은 제 손으로, 의식해서 쓰레기를 투기하지 않았으므로 자신은 그 어떤 쓰레기도 버리지 않는 사람이라고 쉽게 단정한다. 하지만 산업사회에서 어떻게 사람이 아무런 쓰레기도 버리지 않을 수 있는지 임하 씨는 이해하지 못한다. 잘 분리해서 버리든 돈을 지불하고 버리든 쓰레기는 늘 생기고 누군가는 그것을 치워 돈을 번다. 수해로 떠내려간 집기들이 바다에서 쓰레기섬을 이루고, 식당 골목에는 사람들이 먹다 남긴 음식물 쓰레기로 넘쳐난다.

물론 임하 씨가 쓰레기 줍는 노인들을 위해 길바닥 아무데나 쓰레기를 버리라고 권장하는 것은 아니다. 그렇게 오해할 이도 없겠지만 임하 씨는 돌다리 두드리는 심정으로 했던 말을 또 반복했다.

'사람도 죽으면 쓰레기가 되지. 묻고 태우는 것도 그 때문이고. 우리 존재 자체가 쓰레기라고 말하면 사람들이 너야말로 불량 쓰레기라고 나를 향해 욕하겠지? 아, 하면 안 되겠다….'

글을 마무리 지으려던 임하 씨의 머릿속에 한 가지 그림이 떠올랐다. 실제로 그랬는지 아닌지는 그 자리를 일찌감치 벗어났으니 알 수 없는 노릇이지만 임하 씨는 이 글의 마지막 장면으로 상상해둔 삽화를 위해 부지런히 자판을 두드렸다.

'버려도 된다고라?'

놀란 임하 씨가 걷는 속도를 늦춰가며 할머니와 사내들을 번갈아 보았다. 다 타들어간 꽁초를 여태 손가락 사이에 끼고 있던 사내 또한 멍한 표정으로 할머니를 바라보았다. 할머니는 민망한 듯 사내들 쪽은 쳐다보지도 않고 변명처럼 푸념처럼 말을 흘렸다.

"그게…, 버려달라는 게 아니라 버려진 게 좀 있으면 우리도 힘껏 주워 가서 푼돈이라도 벌어 쓰려고 그러지요."

사내들은 할머니의 말을 듣고도 몇 초 간은 서로의 눈만 마주치고 섰을 뿐이었다. 그러더니 최면에서 깨어난 듯 야단을 치던 사내가 먼저 제 손에 쥐고 있던 담배꽁초를 할머니가 쥐고 있는 쓰레기 봉지 속에 집어넣었다. 방금 전 꽁초를 버린 사내도 제가 버린 꽁초를 주웠다. 그리곤 두리번거리다가 모퉁이에 흩어진 유리 조각 몇 개를 성급히 주웠다. 그러더니 동물원 원숭이 구경하듯 자신을 쳐다보는 할머니와 동료를 번갈아 보다가는 동료 사내의 손에 꽁초와 유리 조각을 쥐어주었다.

"어? 짜식이…."

박제된 물고기처럼 입 벌리고 선 동료를 뒤에 남겨두고 사내는 손을 털며 성큼성큼 앞질러갔다. 남겨진 사내는 봉지 아가리를 벌리고 선 할머니를 향해 멋쩍게 웃어 보이고는 봉투 속으로 쓰레기를 간단히 투하했다.

오글거리는 공익광고라도 한 편 찍은 것처럼 임하 씨가 몸서리를 치며 제 글에 서둘러 마침표를 찍었다.

(2018. 1. 29.)

삐딱한 임하 씨의 삐딱한 일상 · 42

순박한 감정

책을 읽던 임하 씨가 허리를 꼿꼿이 폈다. 다문 입이 소리를 내며 생각이라는 걸 한다는 듯, 그 생각한 결과물을 신호로 바꿔 공중으로 분사할 수도 있다는 듯, 미간의 주름은 더욱 짙게, 눈의 빛도 힘주어 또렷하게 밝히며 낮은 신음을 길게 흘렸다. 턱만 좀 제대로 문질러댔더라면 사립탐정이라 해도 아주 터무니없어 보이지는 않을 정도로.

『루시아, 거짓말의 기억』, 로사 몬테로의 소설이었다. 임하 씨가 눈에서 표창을 내던져 명중시킨 곳곳엔 이런 문장들이 있었다.

'저 뚱뚱하고 늙고 펑퍼짐한 여인은 어떻게 자신의 모습을 눈에 띄지 않게 하는 데, 그러니까 어떻게 남자들의 시선을 영원히 상실하는 데 익숙해질 수 있었을까?'

다음 쪽에 나오는 짧고 강한 문장, '상실은 그 어떤 것이든 죽음의 애피타이저이다'. 소설 속 주인공 루시아는 '뚱뚱하고 늙고 펑퍼짐'해진 것이 그 여인이 가진 '어떤 슬픔의 기록'이라고 했다. 그 슬픔은 모든 생이 최후의 것을 잃어버릴 때까지 차곡차곡 쌓일 것이고, 어쩔 수 없이 '현재 이전이든 이후든 모든 건 상실의 길을 걷'게 된다고. 가지고 있던 어떤 것을 상실하고 난 슬픈 상태는 결코 되돌릴 수 없는 거라고.

루시아의 심오하고 정직한 견해는 임하 씨의 찌르는 시선이 부당하다고 느꼈을까. 책은 늘 저 혼자 일방적으로 수다를 떨고, 그에 반론하거나 질문할 기회를 주지 않는다. 그래서 임하 씨는 이따금씩 분하고 답답하다.

예를 들어 1,300쪽 짜리 『수상록』에서, 여성에게 집안일에 관한 지식 외에 다른 학문은 권할 필요가 없다든지 여자들끼리의 참된 우정은 가능하지 않다든지 여자들은 정도를 지키기 어렵다든지 하는 몽테뉴의 주장이 나올 때마다 임하 씨는 얼굴이 벌개져서 '아니, 왜…?'를 외치다 말뿐이었다. 한마디라도 반론을 들어주거나 논쟁해줄 작가가 책 속에서 지니처럼 펑 하고 나타날 리는 없으니까. 자기 책의 열렬한 독자였고, 훗날 양자가 되었다가 자기 저서의 유언집행인까지 도맡았던 마리 드 구르네가 여성임을 감안한다면 몽테뉴의 그 말들은 참으로 어처구니없는 주장이 아닐 수 없다고 속으로 생각했지만 그뿐이었다. 입 밖으로 내봐야 책에 귀가 달린 것도 아니므로.

좌우지당간! 임하 씨가 몬테로의 소설 속 문장을 읽을 때 하필 몽테뉴의 문장이 떠오른 사건은 우연치고는 퍽이나 불쾌한 우연이 아닐 수 없다. '여자가 남자를 가까이 오지 못하게 거절하는 것은 마음이 약하다는 증거이고, 자기가 쉽사리 넘어갈 것을 경계하는 태도'라는 것까지는 일부 맞는 말일 수도 있으니 그렇다치더라도, 뒤에 이어지는 문장, '유혹을 당하지 않는 부인은 정조를 지키더라도 자랑할 것이 못 된다'는 말은, 그 말이 맞고 틀리고를 떠나서 임하 씨로 하여금 1초도 안 지나 발끈하게 하는 놀라운 능력을 발휘했다.

"태생부터 잃을 것이 없는 사람은 어쩌라고? 젊음? 나이 스물도 안 된 처자에게, 열네 살 터울 지는 남동생이 장난삼아 '엄마!'라고 부른 것을, 제대로 알아보지도 못하고선 '애기 엄마! 저기 애기가 불러요!' 하고, 넘치는 친절을 희사하던 사람들이 부러워하는 그 젊음? 태어날 때부터 뱃구레가 남달라 식탐이 찢어지더니 어른이 되어서는 '너는 아기들처럼 아직도 복식 호흡을 하느냐? 어찌 배가…'라는 지적질이나 받는, 잃어버리고 싶어도 잃어버려지지 않는 펑퍼짐은 예외야? 어디서 조수미가 삑사리 내는 소리를 하고 있는 거야!"

루시아를 향해 째리던 눈매가 급작스럽게 몽테뉴 쪽으로 조준이동!

"상대 남자가 겁나게 마음에 안 들면 거절하는 것이고, 아무리 대쪽 같은 여자라도 남자가 푸지게 좋아버리면 넘어오지 말래도 자발적으로 성벽이라도 뛰어넘는 놀라운 묘기를 선보여줄 터인데, 뭐라? 유혹을 당하지 않는? 내가 당하고 싶지 않아서 택한 외모일 리 없잖아! 그것도 분통 터지는 판에 뭐? 유혹 당하지 않는 여자는 자존심을 지켜도 자랑할 만한 것이 못 된다고? 이런….”

골을 내던 얼굴색과는 다르게 임하 씨는 제 머리만 긁적거렸다. 긁으면 긁을수록 시원함과 더불어 불쾌함도 가벼이 날아간다는 듯.

임하 씨도 고등학교 때 딱 한번 미팅이라는 것을 해본 적이 있다. 상대 남학생들은 담벼락을 사이에 두고 이웃하던 실업고등학교 재학생들이었다. 큰아버지가 입다 처박아둔 것 같은 양복바지, 칼날 같은 바지선은 두드러질수록 촌스러워 보였는데, 나온 녀석들은 하나같이 광택 나는 양복 바지에 도끼빗을 뒷주머니에 꽂고 있었었다. 아무리 둘러봐도 또래 남자라는 것 말고는 호감 갈 건더기가 보이지 않았다. 그래도 첫 미팅이었고, 혹시나 하는 마음에 고등학생 임하 씨도 자기 몸에서 지름이 가장 넓은 기름진 뱃살에 힘을 빡 주고는 어울리지도 않는 상냥한 웃음을 주룩주룩, 홍수가 나도록 쏟아부었다.

녀석들의 시력은 지나치게 정상이었다. 임하 씨는 투명인간이 되었다간 예쁜 친구들의 조명이 되곤 하며 짧지 않은 그 시간을 꼬박 채웠다. 시간당 알바비라도 받을 수 있었다면 용돈벌이로 꽤 짭짤했을 텐데. 혹시 모를 희망이란 더러운 놈의 꾐에 빠져 쓰디쓴 경험만 하고 만 것이었다.

결혼식이 30분밖에 남지 않았는데 신랑이 식장에 나타나지 않았을 때는 화가 아니라 속빈 웃음만 입 밖으로 터져나오기도 했다. 장난처럼 “나 예식장에 안 갈 거야”라고 하더니 이 인간이 결국 도망을 간 건가. 자신의 우스갯소리 밑에 깔린 쪼그라든 자존을 우울하게 바라보았더랬다.

"넌 나이트에 가도 부킹도 안 들어올 거다. 내 장담한다."

누군가 자신의 외모를 가지고 독설을 퍼부었을 때도 임하 씨는 내심, 애도 둘이나 낳고 사는 자신이 그 지경으로 여성적 매력이 없을 리는 없다고 여겼다. 하지만 실제로 나이트에 갔고, 부킹이 들어와서 남자들을 만났고, 그 남자들이 말도 안 되게 나이트에서 업무상 회의를 해야 한다며 임하 씨의 무리를 퇴짜 놓고, 나중에 보니 동행들은 어디론가 가버리고, 혼자 앉아 테이블을 경비 서며 비싼 맥주를 홀짝거리게 되었을 때, 임하 씨는 '무참하다'라는 단어에 대해 깊이 고찰해볼 수 있었다.

대개의 사람들은 젊음, 미모, 체력 등 원래 가진 것이 무척 많다. 그래서 늙어가며 그것들을 잃어버렸다고 여긴다. 그러나 임하 씨는 원래부터 뚱뚱했고, 노안이었고, 펑퍼짐했다. 예쁘지도 않았고, 귀엽지도 않았다. 가진 적도 없었으니 잃어버릴 걱정이 없고, 잃어버린 후에 느끼게 될 상실감도 없어야 정상일 테지만, 이상하게도 꼭 그렇지만은 않았다. '옛날엔 있었어. 왕년엔 이랬었지. 잘 나갔다니까'라고 남들이 말할 때, 임하 씨는 들먹일 과거가 없었다. 고향을 떠난 사람만이 고향에 대한 그리움을 안다고 했던가. 가져본 적 없는 것에 대해 그리움을 느낀다는 것이 가능할까, 임하 씨는 궁금했다.

가능하다. '그립다'의 어원이 '그림을 그린다'에서 비롯된 것이 사실이라면. 인간은 천국에 가본 적이 없고, 죽어본 적은 더더욱 없지만 천국을 그린다. 되돌릴 수 없게 돼 그리운 것이 아닌, 한번도 그래본 적이 없어 그리운 것이라면 얼마나 더 간절할까.

망연한 눈길로 허공을 바라보는 임하 씨의 귓전에 다시 루시아의 질문이 들려왔다.

'이보세요, 루시아. 남자들의 시선을 영원히 상실하는 데 익숙해진다는 건, 지금 내 나이 쉰이 넘었지만 가능하지 않은 얘기랍니다. 한번도 남자들의 눈길에 묶여본 적 없으면서도 나는 여전히 호감 가는 남자들을 흘긋거린답니다. 예상대로, 아무도 나를 쳐다보지 않는데도 나는 매번 어리석은 짓을 일삼지요. 혹시라도 눈이 마주친 경우, 아마 남자는 나란 존재를 아예 의식조차 하지 못하기 쉬웠을 텐데도 나는 습관처럼 체념해요. 얼마나 희극적인가요? 저 남자가 나를 여자로 봤을 리 없어. 너는 벌써 쉰이 넘었잖아,라고 반복하지요. 하지만 이러는 나도 가끔은 꿈을 꾼답니다. 그 꿈은….'

몇 년 전까지만 해도 젊은 시절의 풋풋한 임하 씨가 꿈속 주인공이었다. 호감 가는 남자들은 임하 씨의 외모는 아랑곳없이 단지 임하 씨이기 때문에 그 이유 하나만으로 임하 씨를 좋아했다. 임하 씨를 그윽한 눈으로 바라보기도 하고, 설렘으로 서로 멀미도 하고, 안타까움을 담아 손을 붙잡기도 했다.

그러나 가장 최근 꿈에서 임하 씨는, 한 살도 에누리 없이, 노안에 구겨진 인상까지 그대로 출연했다. 젊디젊은 남자들은, 사위로나 삼으면 딱 알맞을 남자들은, 임하 씨의 곁을 맴돌며 묘한 눈빛을 던졌다.

'내 나이가 몇인데, 이건 미친 짓이야. 그런데 왜 이렇게 주책없이 팔

딱거릴까.'

꿈속에서도 임하 씨는 제정신을 차리려 애썼다. 자꾸만 남자 쪽으로 향하는 눈길을 가로채고, 요동치는 마음을 때려 앉히며, 주문처럼 자신의 나이를 읊었다.

하지만 절대 익숙해지지 않았다! 익숙해질 수 없기도 했지만 그러고 싶은 마음도 없었다. 다시 또 희망이라는 고약한 놈에게 속기 위해서가 아니다. 다른 사랑? 그걸 갖고 싶어서도 아니다. 감정은 순박한 것이다. 감정은 지독하리만치 꾸밈이 없고 단선적이다. 그런데 그 순박한 감정을 잃어버린다면? 죽음의 애피타이저라는 상실로 감정을 저버린 사람이 된다면?

"아니, 내가 성인도 아니고, 도인도 아닌데 왜 그러고 살아? 익숙해질 게 따로 있지, 그런 게 익숙해지면 애잔한 사랑 영화를 보고도 돈만 버리는 꼴이 될 거 아냐? 사랑 이야기는 한번도 못 써보고 죽게 된다는 거 아냐? 아—, 다시 또 되풀이하지만, 나는 안 그러고 싶습니다아—. 그렇게는 절대 못하겠다고요!"

소설 속에서, 사십대 후반 루시아가 아들뻘인 스물한 살 아드리안과 묘한 감정의 상태에 빠질 때, 임하 씨는 자신에게서 일어나는 순박한 감정을 발견했다.

의기소침해진 임하 씨. 자동응답기 기계음처럼 낮게 웅얼거렸다.

"거 봐. 감정을 잃어버리지 않았으니까 이렇게 책을 읽고 반응도 하지. 반응을 해야 뭔가 깨치기도 하고, 감동도 얻을 수 있으니까. 쇠락은

했을망정 죽지는 않은 거지. … 근데, 왜 이렇게 속이 묵직하고 쉿내가 나지?"

냉장고로 걸음을 옮긴 임하 씨는 문을 연 채로 서서 초콜릿을 먹었다. 단내가 쉿내를 덮어버리길 무심히 기다리는 모양으로.

(2018. 1. 29.)

삐딱한 임하 씨의 삐딱한 일상 · 43

포개진 두 손

동료 선배는 스물두 살이던 임하 씨보다 대여섯 살 위였다. 은행 창구에 나란히 붙어 앉아 일한 기간이라고 해봐야 1년도 안 되었지만, 그래서 지금은 이름도 까먹었지만, 임하 씨는 선배에 대한 특이한 기억 하나를 가지고 있다. 좀 큰 키에 보통 체격, 길고 가무잡잡한 얼굴에 쌍꺼풀 없이 길쭉한 눈을 가진 선배는 아무리 좋게 말해도 미인이랄 순 없었다. 하지만 말할 때, 일할 때, 움직일 때마다 햇빛에 반짝거리는 먼지처럼 선배 주위로 언제나 떠다니는 것들이 있었다. '조용조용', '고분고분', '착함착함'.

거기에 한 가지가 더 있었다. '사랑사랑'.

애정은 어린 아들에게도 가득했지만 그보다도 차고 넘치도록 바라본 대상은 남편이었다.

영업장이 한산하던 어느 날이었다. 그날 따라 선배의 기운은 모래늪에 발이라도 빠뜨린 사람처럼 시간이 지날수록 아래로 가라앉고 있었다. 임하 씨가 걱정스러운 말투로 어디가 아프냐고 물어도 느릿느릿 고개만 내저을 뿐이었다. 의자에 앉은 등이 살짝 굽고, 안경 안으로 보이는 작은 눈이 뜸하게 껌뻑 감겼다간 뜨이고, 치마 위에 포갠 두 손이 어찌나 미동도 없는지, 별 수 없어진 임하 씨는 선배를 흘끔거리기만 할 따름이었다. 그렇게 오후 업무를 시작하도록 시간을 흘려보내고 한참이 지나서야 선배가 입을 열었다.

"정화야…."

"네."

"… 오늘 아침에 있잖니. 남편이 먼저 출근하고, 나도 막 집을 나서려고 준비 중이었거든. 근데 출근했던 남편이 집에 다시 돌아온 거야. 그것도 울면서…."

"울어요? 남편이요? 왜요?"

"그게…, 휴우, … 운전하고 가는데 갑자기 설사가 나올 것 같더래. 참아보려고 했는데 참아지지가 않더래. 쩔쩔매면서 다시 차를 돌렸는데…, 아…."

선배는 울고 있었다.

그만한 일로 선배의 남편은 왜 울었고, 선배는 또 왜 우는 것일까?

임하 씨도 지금은 기억이 가물가물하지만, 아마도 당시 선배의 남편은 영업사원이라던가 아니면 물류 쪽 일을 하고 있다고 했었다. 짐 실은 차를 끌고 종일 돌아다녀야 하는 사람이 차 안에서 배변 실수를 했다면 난감한 일이 아닐 수 없었다. 때문에 몹시 수치스러웠을 수도 있겠으나 아무리 그렇더라도 서른이 다 된 어른이 그 정도 일로 울면서 집에 들어가다니. 임하 씨는 그들의 눈물이 정확히 어떤 상황을 의미하는지 판단이 서질 않았다.

얼추 삼십 년이 지났다. 그동안 임하 씨는 아주, 아주 가끔씩 그때 상황을 떠올렸다. 딱 한번의 실수를 가지고 성인 남자가 운다는 건 그리 흔한 경우가 아니다. 낭패스럽고 예상치 못한 일회적인 일이 남편에게 벌어졌을 때 보통의 아내들이라면 선배가 보여주었듯이 무언가 중한 것을 잃어버린 사람처럼 그렇게 망연해하지도 않았을 테고.

대체 무슨 일이었을까. 임하 씨는 곰곰 생각해보았다.

어쩌면 실수는 그날 딱 한번만 일어난 게 아니었을지도 모른다. 첫 실수 때는 위로하고 대수롭지 않게 치부하면서 웃어넘겼을지도 모른다. 그러나 일상에 지장을 받을 정도로 점점 실수의 횟수가 잦아져서, 앞으로 이 일을 어떻게 대처하면 좋을지 너무나 막막해서, 누군가에게 털어놓고 도움을 청하기에는 너무나 개인적이고 자존심도 다치는 일이어서, 당황스럽고 두려워진 젊은 부부는 울 수밖에 없었던 건 아니었을까.

남편의 증상이 지금은 잘 알려진 염증성 장질환의 징후였다면 가능한 추측이다.

●

그러나 임하 씨가 삼십 년이 되도록 잊지 못한 기억은 위에서 말한 것들이 아니다. 독자의 관심을 잡아끌 만한, 예를 들어 남편의 안타까운 발병이라든가, 부부 혹은 가정에 숨겨진 갈등, 또는 선배에게서 들었음직한 또 다른 뒷이야기 따위가 아니라는 얘기다. 그것은 아주 작은 충격, 그보다는 조금 커다란 각성, 각성보다는 훨씬 큰, 임하 씨가 당시에 느꼈고 또 지금도 이어지고 있는 감동, 뭐 그런 종류의 것이다.

말을 맺지 못하고 불투명한 파운데이션 위로 두 줄기 투명한 눈물만 흘리고 있던 선배가 몇몇 고객의 일을 처리하고 난 뒤 영업장은 다시 한산해졌다. 선배 앞으로 다가서는 고객의 일을 눈치껏 제가 맡아 처리하면서도 임하 씨는 부지런히 선배를 곁눈질했다. 선배는 오전의 그 자세로 동상처럼 앉아 있었다. 손님이 끊기자 임하 씨도 제자리에 앉아 조용히 기다렸다.

이윽고 기다리던 선배의 읊조리는 듯한 목소리가 낮게 전해져 왔다.

"얼마나 힘들었을까…. 얼마나…."

그 말을 들은 임하 씨는 그때까지 하던 곁눈질을 집어치우고 고개를 돌려 아예 선배를 뚫어져라 쳐다보았다. 스물둘, 철은 들었지만 아직은 어렸을 임하 씨의 조그맣고 동그랗던 눈동자가 말할 수 없이 깊은 빛을 띠었다. 그때 임하 씨는 선배에게서 무언가를 발견했다. 실체를 뚜렷이 보았다고 말할 수는 없어도 분명히 무언가를 발견했었다.

그것은 흔하디흔한 사랑이었으나 그때까지 임하 씨가 안다고 생각했던 사랑과는 조금 다른 사랑이었다.

●

바쁜 출근 시간, 서둘러 집을 나서려는 그의 눈으로 어기적대는 걸음을 하고 엉엉 울며 집에 들어서는 남편을 보게 된다는 것. 우는 남편을 달래고, 변이 묻은 바지와 속옷을 함께 벗겨내고, 씻으려는 남편을 위해 온수를 틀어주고, 창피하고 속상해하는 남편이 말끔히 씻고 나오기를 뽀송하게 마른 수건을 쥔 채 기다려주고, 마지막으로 그가 벗어놓은 속옷과 바지에서 변을 털어내고, 냄새와 색을 지우기 위해 손으로 씻어내고 비누로 싹싹 비벼 빠는 그 모든 일련의 행동들은 모두, 사랑이라는 그 무언가에 사람들이 덕지덕지 덧입힌 두꺼운 환상을 연기처럼 걷어내고, 딱 그 사람만큼인 그 사람을 똑바로 바라보게 하는 사랑, 임하 씨가 본 것은 바로 그 사랑이었다.

그날 오후 은행 영업장에서, 선배의 옆얼굴을 물끄러미 쳐다보던 임하 씨의 시선이 아래로 떨어졌다. 치마 위엔 뿌리 내린 조각처럼 곱게 포갠 두 손이 여전히 얹혀 있었다. 휴대전화가 없던 시절, 어서 어서 퇴근해 집에 돌아가서 남편을 만나게 되기를 바라는 선배의 간절함이 치마 위에 포개진 둥근 손등의 모양으로 부풀어 있다고, 임하 씨는 생각했다.

그 저녁, 한 젊은 부부의 집에서는, 아마도 애처로운 사랑이 따스한 조명 빛 아래 둥그렇게 포개진 모습으로 서로의 눈물을 닦아내주고 있었을 것이다.

임하 씨는 그러나, 다 믿지는 않았다.

●

그때 선배에게서 발견했던 그 사랑. 삼십 년 가까이 잊지 않았던 선배의 그 눈물.

동화일 뿐이다. 그것도 결국은 임하 씨가 믿고 싶었던 사랑의 또 다른 환상일 뿐이다. 애당초 환상 없는 사랑이란 가능하지도 않을 테니까.

(2018. 2. 8.)

삐딱한 임하 씨의 삐딱한 일상 · 44

동찜이몽

시간만 나면 찜질방을 들락대는 임하 씨. 하루는 한겨레출판사에서 나온 한홍구의 『유신』을 마저 읽으려고 가져갔다. 땀을 빼는 틈틈이 책을 읽던 임하 씨에게, 여전히 질풍노도 씨가 물었다.

"유신? 무슨 내용이야?"

"유신은 낡은 제도를 새롭게 한다는 뜻이야. 원래 중국에서 유래했다는데 널리 알려지기로는 일본 메이지유신을 들 수 있지. 근데 독재자 박정희가 자신의 권력을 유지하기 위해 뜬금없이 비상계엄을 선포하더니 하필이면 일본에서 베낀 시월유신을 공포했다는 거 아니냐. 그 유신으로 국민의 주권을 무시하고 폭압으로 민중을 다스리다 보니까 많은 사람들이 고통 속에서 죽을 수밖에 없게 된 거지. 그런 독재의 역사를 일깨워 다시는 불행이 반복되지 않기를 바라는 취지로 쓴 책이야."

그때 옆에 앉아 있던 어떤 중년 남자가 붉어진 낯빛을 하고선 느닷없이 여전히 질풍노도 씨를 불러댔다.

"학생! 학생! 엄마 얘기 듣지 말아! 저런 책은 엄마나 읽으라 하고, 학생은 저런 소리 들을 필요 없으니 절대 듣지 말아!"

대학 입학을 앞두고 있던 여전히 질풍노도 씨의 얼굴에 당황한 기색이 역력했다. 함께 듣고 있던 임하 씨의 눈과 고개도 즉각 삐딱 태세에 돌입했다.

'뭐냐, 저 인간은. 뭔데 내 딸한테 이래라 저래라냐. 썩을….'

대체 임하 씨가 답한 내용 중 어느 단어에서 자극을 받았는지는 알 수 없었지만 남자는 눈까지 부릅뜨고 당장 손찌검이라도 할 것처럼 화를 냈다. 여전히 질풍노도 씨도 어느새 얼굴이 벌개져서 남자를 쳐다보다가는 엄마 쪽으로 시선을 던졌다.

"엄마…."

분명히 화가 난 듯했지만 남의 영업장에서, 보는 사람도 많은데, 어른에게 버릇없이 굴기 뭣하다는 신호를 제 엄마에게 보내고 있었다. 얼마간은 도와달라는 눈빛으로.

임하 씨의 꼬나보는 눈초리를 느꼈을 텐데도 남자는 흥분을 가라앉힐 마음이 없는 듯 보였다. 임하 씨는 제 딸더러 찜질하러 들어가라고 일러 자리를 피하도록 했다. 머뭇거리다 찜질방으로 향하는 딸의 뒤통수에 대고도 남자는 다짐하기를 멈추지 않았다.

"학생! 학생은 저딴 소리 듣지 말고 공부나 열심히 해. 그래서 훌륭한 사람이 되라구!"

'오호라! 이 나라의 젊은이가 자기가 충성하고 찬양하는 박정희를 닮아 훌륭하게 자라기를 애정으로 바라노라, 이 소리로구만! 그런데 독재자 박정희가 훌륭하다면 저 위에 있는 북한의 빨갱이 독재자도 똑같이 훌륭하다는 말이 된다는 걸 알고는 훌륭하니 어쩌니 하는 건가? 참나.'

어처구니가 없었지만 임하 씨는 이내 삐딱해진 고개를 바로하고 남자를 향해 타이르듯 조용히 말했다.

"알았어요. 알겠으니까 하던 일이나 하세요. 제 딸은 제가 알아서 키웁니다."

그제야 앞에 앉은 여편네가 벙어리가 아니었다는 사실을 기억해낸 것인지, 아니면 사람들이 쳐다본다는 사실이 따갑게 느껴진 탓인지 남자는 임하 씨를 향해 용서할 수 없다는 눈빛만 되게 쏘아댔다.

임하 씨도 똑같이 나이를 먹고 보니 어찌해볼 도리 없는 일이 참 많기도 하다는 사실을 인정할 수밖에 없다. 자신들의 젊고 건강했던 삶의 대부분을 함께했던 그들의 신념과 사상을, 이제와 다 잘못된 것이었으니 뉘우치고 버리라고 강요할 수만은 없는 노릇이었다. 스스로 깨치지 못한다면, 아니 그럴 마음이 눈곱만큼도 없는 이에게 세상을 제대로 보라고 입이 닳도록 말한들 그것은 강요로밖에, 당신들의 삶을 송두리째 버리라는 억지로밖에 들리지 않을지도 모르니까.

단골들이었으니 아마 그 전에도 몇 차례나 마주쳤을 터이지만 임하 씨나 남자나 서로를 눈여겨볼 일은 없었다. 그런데 그 사건 이후로 임하 씨는 거의 매주 찜질방에서 그 남자를 일상처럼 목격했다.

수 년이 지났다. 여느 때와 같이, 그러나 장성한 딸들은 더 이상 찜질방을 따라다니지 않게 되었으므로 임하 씨는 혼자서 찜질방에 갔다. 늘 앉던 곳에 배를 깔고는 엎드려 책을 읽고 있었다. 몇 년 전 그 충돌이 있을 때에도 그 장소였는데 임하 씨나 남자는 여전히 오기만 하면 그곳에 자리를 잡았다. 그날은 임하 씨가 먼저 도착해 빈둥거리고 있었는데, 어떤 할머니가 와서는 옆자리가 비었느냐고 물었다. 간식 담은 보따리와 음료를 놓고 그 자리에 누워 있던 아주머니가 어느새 돌아갔는지 옆이 텅 비었으나 확신할 수 없었던 임하 씨는 잘 모르겠다고 고개를 흔들었다.

그때 빈자리인 것 같긴 한데 어쩌나 망설이고 있는 할머니 앞으로 가방 뭉치 하나가 뚝 떨어졌다. 툭 떨어진 가방의 주인은 누구일까, 흠칫 놀란 할머니와 임하 씨가 동시에 그 방향으로 고개를 돌렸다. 거기에 그 문제의 남자가 서 있었다.

'아, 저 얌체 같은 인간하고는…. 뒤에서 할머니랑 나누는 소리 엿듣고는 잽싸게 가방부터 던졌구만. 저런 인간이 젊은 애들한테는 경로우대를 하라느니 마라느니 호통칠 테지.'

관절염이 있는지 할머니는 다리를 약하게 절면서 다른 곳으로 갔다. 남자는 자신을 흘겨보는 임하 씨는 아랑곳없이 가방부터 던져놓은 자리에 점잖게 가부좌를 틀었다.

평소 한 인간의 사상이 그의 인격과 꼭 닮은꼴은 아닐 수도 있다고 믿고 싶어한 임하 씨는 실제로 주위에서 그런 사람들을 적잖이 보아왔다. 애국심으로 똘똘 뭉쳐 나라를 위한다는 거대한 명분으로 전쟁에 나가 총알을 뿌리며 목숨도 아까워하지 않던 사람들 중에는 마음이 따뜻하고 온순하며 순박한 이웃들도 많았다. 고매한 성직자나 위대한 예술가 중에 탐욕스러운 부자나 파렴치한 성범죄자가 섞여 있는 것과 마찬가지로. 그래서 서로 나라를 생각하는 모양새는 영 딴판이어도 소소한 일상 속 마음씨는 크게 다르지 않으리라 믿고 싶었던가 보다.

어쩐지 아무것도 쳐다보고 싶지 않아진 임하 씨는 고개를 책 속에 파묻고는 노안으로 쑤셔오는 안구 통증을 애써 참으려 고집을 부리고 있었다.

(2018. 2. 8.)

태만한 임하 씨의 태만했던 지난 날

방현석 작가와 만날 약속을 했다. 인터뷰 준비 작업으로 임하 씨는 작가의 책부터 주문했다. 기획 에세이 두 권과 장편소설, 소설집. 권수로 열 권이었다. 장편소설은 처음이었으나 소설집에 실린 단편소설 중에는 전에 읽은 작품도 꽤 섞여 있었다. 그런 만큼 작가나 작품 성향에 대한 사전 지식은 충분한 셈이었다.

책을 쌓아놓고, 임하 씨는 누군가에게 말했다.

"『한국산문』(월간 수필 잡지)에서 내게 인터뷰하라고 하지 않았더라면 내가 일부러 방현석 작가의 작품을 찾아 읽진 않았을 텐데."

몇 안 되는 소중한 독자들이 임하 씨의 수필을 불편해하던, 똑같지는 않지만 비슷한 그 이유 때문이었다.

"무임승차가 원인이겠지. 옳은 일을 위해, 이웃과 후대를 위해 다치고 죽은 사람들에게 면목이 없어서겠지. 내가 지금 누리는 자유와 권리가 내가 싸워 얻은 게 아니니까. 애써 그들을 상기하고 싶지 않은, 피하고 싶은 심정이랄까."

•

기록이자 전언에 가까운 산문집은 어렵지 않게 읽었다. 책이 다루는 역사적 사건에 대해 몰랐던 내용보다는 아는 사실이 더 많았던 때문이었다. 그렇더라도 읽을 때마다 저도 모르게 한숨이 터져나오고 분개하는 모양은 조금도 줄어들지 않았다.

소설은 쉽게 읽히지 않았다. 소설 속에서 인물들은 생각하고, 다짐하고, 두려움을 이겨내기 위해 안간힘을 쓰고, 갈등하고, 위협받고, 린치를 당하고, 고통받고, 울고, 좌절하고, 다시 일어서고, 공포 속에서 고문당하고, 모멸감에 치를 떨고, 가족의 생사를 몰라 수많은 나날을 잠 못 자고, 그렇게 싸우고 견디고 또 싸우다가 최악의 경우 죽임을 당했다. 소설은 임하 씨로 하여금 추체험의 상태, 즉 소설 속 인물의 상황과 감정을 상상하게 하고, 임하 씨가 살면서 경험했던 협소한 세계의 한계를 뛰어넘도록 하고, 길이 없는 막다른 벽이 도처에 얼마나 많은지, 의식하지 않고도 편안히 살아온 특권을 가졌던 자신의 삶을 깨닫도록 몰아갔다.

그것은 재능이 아니었다. 그것은 펜을 쥔 투사 역할을 자처한 한 소설가의 세상에 대한 애정이었다. 때문에 임하 씨는 자주 책에서 눈을 떼야 했고, 먼 데를 바라보다가는 다시 책을 읽기 위한 마음의 준비를 해야만 했다.

"나라면 견딜 수 있었을까. 나는 이렇게 나설 수 있었을까. 두려움은 극복되는 것일까."

●

질문지를 준비하고 며칠 뒤 방현석 작가와 만났다. 책을 읽으며 가졌던 궁금증에 대해 여러 가지 생각이 들었지만 몇 가지만 꼽았다.

그 가운데 특별히 기억에 남는 질문과 대답이 있었다.

소설가 방현석은 태어나서부터 고교 졸업 때까지 꼬박 박정희 독재 시대를 살았다. 그래서 질문이 생겼다. 자라면서 어떤 생각과 행동을 했는지.

아마 그는 평소에도 말이 많지 않은 사람일 것이다. 그의 대답은 짧았다.

한자 일색인 신문 읽기와 중고서점을 다니며 『사상계』나 『씨알의 소리』 등을 취미로 사 모아 읽기.

그의 짧은 답변 속에, 임하 씨는 자신의 성장기에는 전혀 경험도 해보지 못한, 시도조차 하지 못했던 행동들이 들어 있다는 사실을 뜨끔하게 깨달았다. 신문 읽기를 통해 한자를 습득하고, 자신의 생활 반경 바깥에 있는 세상일에 관심을 가지게 된 것. 잡지를 찾아 읽으며, 자주 접하게 되는 여론만이 아닌 다른 목소리를 듣게 된 것. 세상에는 정치라는 단어가 있고, 정치를 본업으로 삼는 사람들이 있다는 사실을 알게 되는 것. 사람들을 더 잘 살게도 하고 정반대의 결과도 만들 수 있는 정치의 속성에 대해 공부하는 것. 열심히 살면 마땅한 보상이 따르리라는, 그 쉬운 세상 이치가 현실로 실현되기란 그토록 어렵다는 사실을 직시하게 되는 것. 그래서 아직 다 자라기도 전에 세상을 보는 분별력을 가지게 된다는 것. 그 모든 것을 얻기 위해서는 꾸준히 세상을 공부

해야만 한다는 것. 사람들에 대해 관심을 가져야 한다는 것. 아프고 슬픈 사람들의 이야기에 귀 기울이는 노력을 아끼지 않아야 한다는 것. 세상과 죽도록 싸워야만 얻을 수 있는 누군가의 적은 먹을거리와 피곤을 푸는 잠에 대해 모르고 살아온 삶을 수치스러워해야 한다는 것. 또…, 그리고 또….

누구나와 마찬가지로 임하 씨도 무지無知에서 출발했다.

흑백 텔레비전에서 박정희가 웃음기 하나 없는 얼굴로 무언가를 연설하고, 어른들이 문 닫은 방안에서 웃지도 않고 아무런 몸짓도 곁들이지 않은 채 낮은 목소리로 이야기를 나누던 기억을 가지고 있다. 그 분위기가 너무 육중했던 탓에 마치 말이 끊긴 공백의 순간마저도 큰 소리 내지 말라는 지시로 온 방이 쩌렁쩌렁 울리는 듯했던 기억. 하지만 박정희가 한 말이 무엇을 의미했는지, 어른들이 왜 문을 꼭 닫고 모여 앉아 어떤 이야기를 조심조심 나누었는지는 알 길이 없었던 기억. 그저 어른들의 주위를 지나야 할 때 몸이 납작 눌린 것처럼 미끄러지듯 소리 없이 방을 통과했던 심상치 않은 느낌의 기억.

임하 씨의 부모님은 셋방살이를 했고, 임하 씨는 이따금씩 단독주택에 사는 친구들 집에 놀러갔다. 마당이 있고, 작은 타일 조각을 빼곡히 붙인 건물 주인을 부모로 가진 친구들은 늘 임하 씨의 부러움을 샀다. 마루에 피아노가 있는 것도 신기했고, 제 방에 놓인 피아노를 듣기 좋게 연주하는 친구는 환상 체험 그 자체였다.

그 시절 임하 씨는 '마이카'라는 단어를 들었다. 대통령 박정희가 '마이카 시대'를 말했다. 집집마다, 개개인마다 자신의 차를 가지는 시대를 만들겠다는 거였다. 세 자매가 번갈아 탈 고물 세발자전거도 하나 없던 어린 임하 씨는 상상이 되지 않는 그 세상을 그려보느라 머리에 쥐가 났다. 그즈음 젊은 남자 가수는 '쨍— 하고 해 뜰 날'을 불렀다. 노래는 히트를 쳤고, 임하 씨도 가끔 응원가를 부르듯 '쨍— 하고 해 뜰 날'을 불러 젖혔다.

책 한 권만 사달라고 조르고 졸라서 얻은 동화책이 『엄마 찾아 삼만리』였다. 닳도록 끼고 앉아 읽는 임하 씨에게서 엄마는 책을 뺏어 장롱에 감추었다. 받아쓰기도 만날 틀려오는 주제에 동생들도 봐야 하는 책을 금세 헐게 한다는 이유를 대고서. 그런 지경에 있던 임하 씨는 어느 날 친구 집에 놀러갔다가 우연히 책장이라는 걸 보게 되었다. 낱권인 책들이 알록달록 책장 위아래를 가득 채웠고, 가운데 줄에는 고급스러운 전집들이 근사한 제복을 입은 사관생도들처럼 빽빽이 꽂혀 있었다. 저도 모르게 책장 앞에 이끌린 임하 씨는 책 제목을 쭉 훑었다. 위인전집을 살피던 임하 씨는 너무나도 잘 아는 이름 하나를 발견했다.

박정희.

"얘, 위인전은 죽은 사람의 얘기를 쓴 거 아니었니? 우리나라 대통령은 오늘도 잘 살아 있는데 어떻게 위인전기에 나온 거야?"

별 시답잖은 질문도 다 한다는 식으로 콧방귀도 뀌지 않는 친구를 눈으로 확인한 임하 씨는 궁금증에 대한 답을 얻기 위해서라는 명분을 쥐득하기라도 했다는 듯 태연하게 책을 빼들었다. 책 속에는 어른 아이인 박정희가 군인의 곧은 자세와 웅대한 꿈을 품은 표정으로 앞을 내다보는 그림이 들어 있었다.

"정말 알다가도 모를 일이군. 살아 있는 사람도 위인전에 오를 수 있는 거였다니."

1980년대가 오면 마이카 시대가 열릴 거라고 대통령 박정희는 선언했지만 임하 씨네는 여전히 셋방살이를 면치 못했다. 물론 자전거도 없었다. 하지만 1980년대가 오기 전에 죽어버린 박정희에게 따질 수도 없는 노릇이었다.

초등학교 5학년. 4학년 때까지 공부라고는 지지리도 못하는데다 특별할 것 하나 없던 임하 씨도 성적이랄 만한 점수를 구경하기 시작했다. 담임은 임하 씨에게 관심을 보였고, 장래성을 인정해주었다.

그리고 가을 어느 날 아침, 교실은 수선스러웠다. 오직 하나인 대통령, 우리에게 마이카를 예언했던 박정희가 죽었다는 거였다. 임하 씨는 5학년 한 해 동안 공부라는 것에 맛을 들였고, 담임으로부터 칭찬도 들어보았다. 그런 임하 씨에게 하룻밤 사이 예고도 없이 죽은 대통령을 위해 통곡해야 할 이유는 차고 넘쳤다. 임하 씨는 이제 엄연히 공부 잘하고 선생의 칭찬을 듣는 부류에 속하게 된 터였으니까. 때문에 임하 씨는 누구보다 더 크게 울었다. 책상에 엎드려 우는 것쯤은 지나치게 평범했으므로 아예 교실 바닥에 엎어져 아이고, 아이고 손마디에 타박상을 입도록 바닥을 때리며 울었다. 울면서도 혹시 창문으로 담임이라든가 지나던 다른 교사가 자신을 보고 고개를 끄덕이지는 않을까 곁눈질을 쉬지 않으며.

반 전체 아이들이 부모를 잃은 것처럼 엉엉 울고 있을 때 담임이 교실에 들어왔다. 임하 씨 말고도 바닥에 널브러져 울던 몇몇 극성분자들이 있었으므로 담임은 정돈하고 자리에 앉으라고 했다. 그리곤 이미 울어서 붉어진 눈을 껌벅이며 차마 말을 잇지 못했다. 평소 존경하던 담임선생도 저 정도이니 나는 참 잘 울었구나, 비록 대통령은 총에 맞아 죽었지만 어린 임하 씨는 마냥 뿌듯해져 스스로가 몹시도 대견스러웠다.

임하 씨가 중학교 2학년에 올라가며 교복자율화가 시행되었다. 교복은 아니었으나 교복스러운 사복 열풍이 몰아닥쳤다. 그린에이지, 르망 같은 브랜드 옷이 광고를 휩쓸었고, 학생들은 너도나도 비싼 메이커 사복을 걸쳐 입느라 부모를 졸랐다.

가난한 임하 씨는 사복도 몇 가지 없어 나머지 학창시절 대부분을 단벌 혹은 두 벌로 버텼다. 도시락도 못 싸가지고 다닐 형편이었지만 당당한 뻔뻔스러움으로 무장하고 숟가락 하나로 학기마다 알차게 체중을 불려나갔다. 회수권은 고사하고 용돈 한 푼 없어 여름이나 겨울이나 매일 두 시간 이상씩 걸어서 학교를 다녔는데, 이런 개인 형편을 알 리 없는 학교에서는 준비물도 많은데다 걸핏하면 반비를 걷었다. 명목도 가지가지였다. 그 중 기억나기로는 평화의 댐 건설이 있다. 선생에게 지시받고 심부름만 할 뿐인 반장은 반비를 걷을 때마다 아이들에게 미움을 샀다. 하지만 평화의 댐 건설에 보태는 학생들의 푼돈을 걷을 때는 투덜대거나 시비 거는 아이들이 확 줄었다.

이게 어떤 돈인가! 애국하자는 돈 아닌가! 북한이 못돼 처먹어서 차곡차곡 모아담은 물을 한방에 터치면 그땐 우리 모두 수재민이 될 것 아닌가! 가뜩이나 입고 다닐 옷조차 없던 임하 씨는 애국심이 팔팔 끓어올라 동생의 코 묻은 돈마저 갈취해 성금에 보탰다. 대통령은 바뀌었으나 임하 씨의 열혈 애국심은 여전히 믿음직하게 살아 있었다.

여자상업고등학교를 다녔던 임하 씨에게 교사란 더 이상 존경할 가치를 보유하지 못한 직업인일 뿐이었다. 처음 학교 교사와 접했던 서울 변두리에서의 초등학교 1학년 시절에 이미 그들에 대한 존경은 반나마 깎인 상태였지만 말이다.

한 반에 칠십 명의 어린 신입생이 있다 치면, 그 중 반장은 한 명. 그러나 그 다음부터는 어떤 배수를 곱했는지 부반장이 열 명, 줄반장이 삼사십 명이라니. 임하 씨처럼 직책 없는 일반 학생이 과반수에도 한참 미치지 못했던 시절. 엄마라는 사람들이 한껏 차려입은 모양새로 수업 중인 교실 문을 함부로 열어젖히고 들어와서는 여보란 듯 촌지를 건네고, 또 건네받은 촌지를 교사라는 이가 자신의 어린 제자들 앞에서 레이스 화려한 손수건인 양 아름답게 흔들어 보이던 시절. 담임을 찾아와 마땅한 인사를 드리지 않은 괘씸한 학부모의 자식들이야 순식간에 동원관객으로 전락하던 시절.

국민학교 1학년생 임하 씨는 코도 흘리지 않았고, 옷도 깔끔하게 입고 다니는 학생이었으나 그렇기에 더욱 밉살맞은 아이였다. 밥은 충분히 먹고 살 만한 형편인 모양인데도 인사하러 찾아오지 않다니. 아마도 그런 이유 때문이었는지 어쨌는지, 뒷자리에서 임하 씨의 코트 허리띠를 잡아채 칼로 긋고 있던 남자 아이와 있었던 사건은 명백히 부당해 보였다. 하지 말라고 몸을 뒤로 돌려 짜증을 부린 임하 씨를 불러내 다짜고짜 담임이 따귀를 올려붙인 것도 상식적이지 않은 일이었으나 임하 씨를 벌 세운 뒤에도 못된 짓을 하던 부반장 남자 아이에 대해서는 어떤 체벌도 이루어지지 않았다는 사실이 그러했다.

물론 탐욕스럽거나 추악하지 않았던 젊은 교사들도 있었다. 아주 젊지는 않았지만 5학년 시월에 눈가가 붉었던 담임도 그런 교사들 중 하나였다. 스승이라는 이름에 걸맞은 교사가 반의 반만 됐더라도 임하 씨의 반감이 지금 같지는 않았을 텐데. 시류를 거슬러 강직과 의기를 지키기란 그리도 어려운가 보다고 임하 씨는 혀를 찼다.

중학교는 그럭저럭 풍파 없이 지나갔지만, 고등학생이 되고 보니 가관이었다. 기독교계 사립학교였으니 교사들의 임기는 거의 종신이었다. 늙은 교장은 제 이름으로 된 기념관을 짓겠다며 수업 중인 학생들에게 벽돌을 나르게 했고, 그 교장에게 잘 보이려고 줄 선 교사들은 몽둥이를 휘두르고 다니며 불평불만을 잠재웠다. 잦은 조회를 하다보면 자세가 흐트러지거나 주의가 산만해지는 아이들이 있게 마련이었는데 옅은 브라운 눈동자를 지닌 투실투실한 남자 체육교사는 그런 학생을 무작위로 불러내서는 단상이 있는 스탠드에서 발로 복부차기를 해 저 아래로 날려버렸다. 그런 일이 있을 때마다 임하 씨는 옆에서도 들릴 지경으로 욕을 내뱉었다.

"저 미친 개새끼가 또 여자를 때리네! 배 잘못 맞아서 불임되면 지가 평생 책임질겨? 못 배운 깡패 같으니라고!"

체격 좋은 남자 교사 몇이 학교를 군대로 착각하고는 몽둥이를 휘두르고 다녀도 누구 하나 막아서는 교사가 없었다. 그러다가 결국 일이 터졌다.

임하 씨가 졸업하고 얼마 뒤, 문제의 체육교사가 휘두른 몽둥이에 머리를 가격당한 학생이 치명상을 입은 사건이 터졌다. 교사는 구속됐고, 신문에 단독 보도가 났다. 임하 씨는 몇몇 동창을 만나 선배로서 이 불행한 사건에 대해 폭로든 뭐든 어떤 행동을 해야 하지 않겠느냐고 거품을 물었지만 아무런 호응도 얻지 못했다.

"하긴 뭘 해. 선생들이 쑤시고 다녔는지 어쨌는지, 애들이 지네 체육선생 풀어달라고 탄원선지 뭔지 재판에 낸답시고 서명한다더라. 당사자들이 맞고 살아도 좋다는데 니가 뭘 한다고 나서. 냅둬! 그러고 살게."

세월이 많이 흘렀다. 할 일이 너무 없어 심심해 죽을 지경이던 임하 씨가 출신 고등학교 홈페이지를 검색했다. 학교 이름도 낯설게 바뀌었고, 궁금해하던 교사 두엇도 찾아봤으나 이미 명단에 없었다. 그리고 그 속에서 문제의 체육교사를 발견했다. 어떻게 된 일인지 종교 과목 교사로 변신해서는 버젓이 재직 중이었다. 종신제가 좋긴 좋았다. 교장 자리의 사진에는 당시 늙은 교장과 친하게 지내던 교사가 그때처럼 생글생글 웃고 있었고, 당시에 젊었던 교사들 대부분이 한 자리씩 떡하니 차지하고 있었다.

법원으로 출장 업무를 나가던 시절, 대학 졸업자인 총각 남자직원은 임하 씨보다 나이가 많았다. 입행년도는 임하 씨가 앞섰지만, 대학 졸업자였고 남자였기 때문에 임하 씨보다 직급도 월급도 위였다. 남자직원은 순한 사람이었다. 임하 씨가 짜증을 부려도, 화를 내도 다 받아줄 정도로 넉넉한 사람이었다. 그렇게 순한 사람이 딱 한 가지 이야기만 꺼낼라치면 아주 벽창호로 돌변하곤 했다.

1987년부터 1991년까지 은행에 다녔던 임하 씨는 퇴근길에 최루탄 연기를 맞으며 퉁퉁 부은 다리로 몇 시간씩 걸어야 할 때가 잦았다. 차도는 대학생 무리가 점령했고, 차는 흘러가는 사람들의 물길 속에 잠수를 탄 채 꿈쩍도 하지 않았다.

반 친구들이 대학 진학을 위해 인문계 고등학교에 원서를 쓸 때, 자기보다 성적이 낮던 친구가 변두리 고등학교를 거쳐 대학에 입학했다는 소식이 들릴 때, 여상에 왔지만 마음과 형편이 바뀌어 치열하게 공부한 끝에 대학에 들어간 친구들을 옆에서 지켜볼 때. 그때마다 임하 씨의 속은 진창이 되었다. 당장 나가서 돈을 벌어야 동생들 학비를 댈 수 있는 가난에 발목 잡힘. 그래서 대학에 가지 못하게 된 원망은, 대학생만 보면 주눅이 들면서도 못마땅함을 감추지 못하는 곱지 않은 눈빛으로 굳어버렸다.

그 대학생이 몇 명도 아니고 떼로 몰려다니며 도로마다 점령하고는 시위를 해댔다. 그리고 그 여파로 애꿎은 임하 씨가 최루탄 연기로 울며, 울며 집까지 먼 길을 걸어가야만 했던 것이다. 게다가 유니폼이 다 젖을 지경으로 창구에서 종일토록 일을 하는 사람은 자신인데, 쉬엄쉬엄, 건성건성, 근무시간을 채우는 대졸 남자직원마저 남자인데다 대학을 나왔다는 이유만으로 상급자의 자리를 꿰차고 있었던 것이다.

억울했다. 억울해서 임하 씨는 옆에 앉은 남자직원에게 퍼부었다. 부모 잘 둬 대학까지 다니는 호강을 하니, 저렇게 시민들 괴롭히며 나라를 어지럽게 만든다고. 궂은일은 나처럼 못 배운 사람들이 다 하고, 저렇게 데모 좀 하다가 이름 날리면 어디에서든 영웅처럼 떠받들어지고, 심지어는 국회의원 배지까지 단다고. 그렇게 펄펄 뛰며 잡아먹을 듯 노려보는 임하 씨에 밀려 남자직원은 물러서지 않았다. 그들이 옳은 일을 하는 것이고, 그 옳은 일은 너무나 고통스럽고도 어려운 일이며, 대부분의 시민들은 동참하지 못할 뿐 피해 입는다는 생각은 하지 않을 거라고 중얼거렸다. 마치 임하 씨를 향해서가 아니고 자기 자신에게 읊조리듯이.

"정화 씨, 만약 정화 씨가 지금 본인 삶이 아니라 저들의 삶을 살게 되었다면, 내가 볼 때 정화 씨는 저들 중에서도 가장 극렬하게 행동하는 사람이었을 것 같아. 아무튼 지금 정화 씨가 왜 이렇게 저들을 미워하고 이해하려 들지 않는지 그거나 좀 생각해보면 좋겠어. 혹시 저들을 열등감의 과녁으로 삼고 있는 건 아닌지."

1980년 광주학살이 자행될 당시 임하 씨는 초등학교 6학년생이었다. 자기가 사는 세상에서, 자신은 마냥 심드렁하게 공부하고 뛰놀던 어느 시간에, 광주라는 곳에서는 수많은 사람들이 자신들을 지켜주어야 할 군인들에게 무참한 폭력을 당했다. 텔레비전에서 광주 학살 영상 자료를 방송해주었을 때, 임하 씨는 심장이 뛰고 두려움에 목이 졸리는 기분이었다. 불쑥 드는 생각이 어처구니없게도, 경찰에 신고했어야 하지 않을까, 대통령에게 도와달라고 연락할 방법은 없었을까, 기자들은 다 어디 있었던 거지? 뭐, 이런 것들뿐이었다. 당시 그들에게 믿을 만한 데라곤 한 군데도 없었다는 생각이 미치자 끔찍했다. 그런데 그때도 임하 씨는 자꾸만 이상한 생각이 들었다.

'도대체 왜 국민한테 저런 짓을 한 거지? 분명히 이유가 있었을 텐데.'

학교에서 교사들이 '한국인들은 모래알 같아서…, 맞아야 말을 듣는다'며 체벌 때마다 빈번하게 하던 소리며, '전라도 사람은 속 다르고 겉 다르다'고 어려서부터 듣던 소리로 미루어 뭔가 말을 듣게 하기 위해 죽이고 때렸다는 건지, 아니면 단순히 전라도라서 때려잡았다는 건지 파악이 되지 않았다. 사람이 찰흙도 아닌데 들러붙을 수 없는 게 당연한 거고, 맞으면 무서우니까 말을 듣는 척할 뿐인 거고, 속과 겉이 똑같은 사람이라면 성인쯤 되는 것 아니겠느냐고 임하 씨는 되물었다.

1988년쯤 임하 씨는 『현대문학』 잡지에서 임철우의 『붉은 방』을 읽었다. 그때도 그랬다. 어떻게 이토록 억울하고 말도 안 되는 일들이 벌어지는 걸까. 『붉은 방』에서 주인공 오기섭을 고문하던 최달식은 하나님을 믿었고 병든 어머니를 걱정했으며 제 자식들을 끔찍이도 사랑했다. 선량한 가장 최달식은 또 다른 선량한 가장 오기섭을 고문했다. 서로 알지도 못하는 사이였지만 최달식은 오기섭을 증오했다. 임하 씨는 자신의 열등감이 혹시 옳은 일이라는 믿음으로 두려운 일을 감당하는 선량한 대학생들을 증오하게 만드는 것은 아닌지 불안해졌다.

아이들을 낳고 키우면서 집으로 배달되는 신문을 읽기 시작했다. 신문을 접하면서 임하 씨는 정말 이상하다는 생각이 들었다. 빨갱이들이 나라를 망쳐서 북한에 바치려 하고 있다는 기사들은 매번 임하 씨를 분개하게 만들면서도 곤혹에 빠뜨렸다.

"뭐 이런 인간들이 다 있어! 나라를 위해 목숨을 바치지는 못할망정, 나라를 분열시켜서 북한 빨갱이집단에 갖다바치겠다고?"

하지만 펼친 신문을 다 덮기도 전에 의문이 생겼다.

"남파 간첩이 아니라면. 게다가 그렇게 고문을 당하고 갇히고 쫓겨 다니면서까지 이들이 이루어야 하는 게 뭐지? 상식적으로 도저히 이해가 안 되잖아. 대체 뭐지?"

IMF가 지났고, 자랑스러운 대한민국 국민들은 애국심에 들떠 금을 긁어다 나라를 살렸다. 임하 씨에게 생각의 변화랄 만한 사건은 거의 일어나지 않았다. 평범하게 일상이 흘러갔다. 아이들 키우는 데 열중했고 아이들은 자랐다.

1997년, 대통령 선거가 다가왔다. 당시 임하 씨의 가장 가까운 친구 중 하나의 고향이 전라도였다. 임하 씨가 권영길 후보를 찍겠다는 소리를 전해들은 그 친구의 남편이 말했다고 한다.

"될 사람을 밀어줘야지! 왜 사표를 만들고 그런대?"

2010년 서울시장으로 오세훈이 당선된 뒤에도 그 똑같은 말을 들었다. 임하 씨가 소속한 정당의 후보였던 노회찬이 사표를 만들었다는 혐의를 받았던 것이다.

될 사람? 될 사람이 따로 정해져 있다는 말인가? 박정희가 계속 독재를 하겠다고 법을 바꾸고 국민을 폭압했듯이, 전두환이 친구 노태우에게 대통령 자리를 바통 넘기듯 넘기려 했듯이, 야당에서 대통령 되려고 여당으로 야합한 김영삼이 그랬듯이, 대통령 자리는 민주선거의 결과가 아니라 정치적 계산에 의해 이미 정해진 자리라는 것인가? 임하 씨는 몹시 궁금했다. 하지만 정치를 모르니 혼자 툴툴거리기나 할 밖에.

어쨌든 임하 씨는 그때 김대중을 선생님으로 모시던 친구에게 물었다. 어쩌다 광주학살이 벌어진 거냐고. 친구도 모른다고 했다. 다른 곳에서도 시위는 있었는데 왜 꼭 광주여야 했는지는 자신도 진짜 모르겠다고.

"하지만 박정희 때부터 개발에서 밀리고 정치적으로도 소외되고 하다 보니까, 젊은 사람들은 전부 먹고 살기 위해 떠나야만 했거든. 네 주위에도 전라도 사람들 많지? 전라도에 사람들이 원래 많이 살았나봐. 그렇다 보니 각양각색의 전라도 사람들이 타지에 섞여들고, 개중엔 밉게 행동하는 사람도 있었겠지. 아마 그런 이유로 사람들이 전라도인에 대한 편견을 가지게 된 것 같아. 그게 지역주의로까지 커지고 하면서, 그런 학살이 벌어진 건 아닌지…."

임하 씨는 잠꼬대로라도 절대 전라도 흉을 봐선 안 되었다. 서울이 고향이고 경기도에 뿌리를 내렸지만 사방에 전라도인이 알차게 포진하고 있기 때문이었다. 하지만 일부러 묻지 않는다면 누가 전라도 사람인지, 경상도 사람인지 알 게 뭔가. 유대인이나 집시의 씨를 말리겠다던 나치나 장애인, 여성, 아이와 노인은 다 쓸모없는 존재라고 물건 취급하는 사람들, 사람의 피부색을 가지고 노예로 부리던 사람들은 욕하면서도 정작 자신들이 똑같은 짓을 일삼는다는 건 또 잊은 모양이라고 임하 씨는 생각했다.

"무릇 사람이라면 역지사지 하기가 죽도록 어려운 게 인지상정인갑네."

노동운동이라는 것은 이름만 생소했을 뿐 언제부터랄 것도 없이 밀접할 수밖에 없는 삶이었다. 임하 씨의 아버지는 운전노동자(택시, 버스, 화물, 기업인 운전기사 등), 어머니는 가내수공업(인형 작업, 봉투

부업)과 식당노동자였고, 임하 씨는 금융노동자, 개인회사 사무직노동자로 살아왔으니 새삼스러울 게 없었다. 하지만 전태일을 알게 된 것은 한참 어른으로 무르익은 다음이었고, 노동조합운동에 대해서는 안 지 십 년도 채 되지 않았다.

자신은 목과 허리에 디스크를 매단 채 사무실에 앉아 일하고 집에서 글까지 쓰느라 힘들지만, 임하 씨는 여전히 몸 부려 일하는 노동의 땀방울에 대해서는 존엄하다는 믿음을 유지하고 있다. 능력대로 벌어들인다는 자본주의 논리가 그래서 임하 씨에겐 이상하다. 아무나 못 하는 일을 해낸다고 해서 더 가치 있다고 판단하거나 누구라도 할 수 있는 일일 뿐이라고 해서 가치 없다고 여기는 잣대는 대체 누가 알려준 걸까.

주주들에게 많은 돈을 벌게 해주는 경영인이라든지, 기업이나 재벌의 세금 조정을 돕는 변호사라든지, 자신감을 껑충 뛰게 해주는 성형외과 의사라든지, 뭐 그런 사람들의 일은 아무나 쉽게 할 수 없다. 하지만 그렇다고 해서 조건만 갖추면 누구나 그런 일을 하겠다고 덤빌 것 같지도 않다. 임하 씨의 생각처럼 부자를 더 부자가 되게 해주는 능력은 가난한 자를 더 가난하게 만드는 게임 우승자와 크게 다르지 않고, 과도하게 유행을 따르느라 소외되고 배제되는 이들을 나 몰라라 하는 이들이 그리 훌륭해 보이거나 부럽지는 않다고 생각할 사람들도 많을 것이므로. 마찬가지로 혼자 농사를 짓는다든지, 공사장 막일을 한다든지, 청소부 일이라든지, 아이들 보모 같은 일은 누구나 할 수 있는 일일 것 같지만 달리 말해 누구든 하고 싶어하지 않는 일일 수도 있다는 점을 간과해서는 안 된다고 임하 씨는 생각했다.

"단순하게 말해서, 각자 자신이 할 수 있는 여러 가지 일 중에서 그 중 잘할 수 있는 일, 하고 싶은 일을 하는 거지. 그게 능력인 거고, 또 그 일에 대한 정당한 대가를 차등 없이 얻을 수 있어야 맞지 않겠어?"

방현석 작가의 여러 책을 읽으며 임하 씨가 느꼈을 감정들.

마치 우연히 수취한 우편물을 뜯어 읽자 돌연 죄의식 앞으로 자신이 배달되어간 듯한 불편한 느낌들.

태만한 임하 씨는 살아오면서 아주 오랜 시간 동안 주변을 보지 않거나 또는 보지 못했고, 때문에 누가 옆에 있는지, 그에게 무슨 일이 일어났는지 알지 못했다. 자신을 움직이고 자기 주변을 움직이는 힘에 대해 이해하지 못했고 이해하려고 애쓰지도 않았다. 그리고 어떤 경우엔 자기 자신조차 이해하지 못했다. 그냥 그렇게 살았다. 그러고도 언제나 남들처럼 산다고 말했다. 남들도 다 그렇게 산다고 쉽게 말했다. 왜냐하면 자신이 통제할 수 있는 것이 매우 제한적이고, 때론 아무것도 할 수 있는 게 없다는 사실을 어른이 되고 더 잘 알게 되었기 때문이다.

하지만 언제부턴가 아주 조금씩 달라졌다. 매사에 삐딱하고 불평불만이 많아 촉석矗石이 봉정逢釘이었지만, 그 덕에 이제 의심이야말로 임하 씨를 이루는 중요한 장기臟器가 되었다. 이러한 개인적 특질이 아니더라도 시대적으로 달라져야만 했고, 또 달라질 수 있게 되기도 했다.

•

이 변화는 임하 씨에게만 벌어진 일은 아니었다. 꽤 많은 사람들이, 임하 씨를 비롯한 다 큰 어른들이 자신이 가진 무능을 비관하고 빠르게 체념하기보다는 자신부터 통제해가며 세상에 개입하기로 마음먹은 것이다. 임하 씨는 변화하는 시대의 요청에 부응한 많은 사람 중 하나일 뿐이었다.

산다는 것은 종말이 올 때까지 중단 없이 자신을 자신에게 확인시키는 과정에 다름 아니다. 이제 임하 씨는 괜찮다고 말할 수 있는 것과 괜찮지 않다고 말해야 하는 것을 구분 지을 수 있게 되었다. 가치 있으며 옳다고 믿는 자기 신념을 위해 어떤 시도를 하다가 가로막히거나 얻어맞았을 때, 다시 일어나기 위해 괜찮다고 서로를 다독이고 위로하는 응원과 지지가 가능해진 상황을 임하 씨는 여러 차례 목격했다.

혹은 세상의 막강한 힘이 엎드려라, 꿇어라, 잊어라, 가만있어라, 침묵하라며, 행복추구의 권리 따위는 포기해도 괜찮다고, 만족하고 익숙해져도 너는 괜찮다고 할 때, 나는 전혀 괜찮지 않다고 말할 용기가 임하 씨에게 생겼다. 옆에 있는 누군가가 보여준 존중을 이제는 임하 씨도 누군가에게 전달할 수 있게 된 것이다. 혼자였다면 엄두도 내지 못했을 용기와 믿음. 개인의 문제일 뿐이라며 넋두리나 하고 고만고만한 사람들끼리 헐뜯고 싸우던 행태를 뜯어내버리고, 자신의 의견을 가져도 좋고, 개인의 문제가 모여 공동의 문제로, 사회문제로 진단되고 함께 고민하게 되는, 그런 세상도 가능하다는 믿음.

이렇게 되기까지 있어왔던 노력과 싸움들. 엄청난 땀과 무수한 피.

불의와 억압이 눈에 보이지 않는 유독 가스처럼 스멀스멀 퍼져나갈 때마다 그것을 알아차리고 목청껏 소리치던 목소리들. 나약과 가난을 변명삼아 너도 나도 도망치던 외롭고 처절한 시간을 너그럽게 참고 덮어준 애정과 연민.

방현석 작가의 작품은 임하 씨로 하여금 이 글을 쓰게 했다. 그리고 글을 통해 여태껏 하지 못했던 말을 할 수 있도록 해주었다.

"내가…, 당신들에게…, 참 미안합니다. 그리고 참 고맙습니다."

하지만 그들의 소망은 아직 충족되지 않았다.

시대의 변화에 천연덕스럽게 적응하거나 우아하게 반응하거나 점잖게 달라지는 능력이 누구에게나 있지는 않은 모양이다. 저항하고 화를 내고 과격한 언동과 거센 반격을 서슴지 않는 사람도 세상에는 흔하다. 그렇기에 임하 씨가 살고 있는 세상은 아직도 과정에 있다. '그래서', '그 결과', '결론은'이라고 말하기엔 너무나 이른 현재다. 미래로 가는 길은 여전히 끝이 보이지 않는 성장과정, 탈피과정인 것이다.

"그런 후에 그는 마치 아무 일도 일어나지 않았다는 듯이 자기 일로 되돌아갔다." 불분명한 수많은 옛날 이야기들에 나오는 이 말은 우리에게 익숙하다. 이 말은 어떤 이야기에도 나오지 않는데도 말이다.

프란츠 카프카는 저 문장을 썼고, 그의 작품 「변신」에서는 마치 원래부터 아들이 없었던 것처럼 아직도 살아 숨쉬는 불행을 억지로 쓰레기

더미에 파묻어버리고는 행복을 꿈꾸며 일상으로 되돌아가는 가족을 그려보였다. 어쩌면 인간도 다른 동물처럼 자발적 기억상실이 가능할지 모른다고, 아니 다른 동물보다 더 특히 잘할 수 있는 인간의 능력 중 하나일지도 모르겠다고 임하 씨는 생각했다. 불행의 대체로 계절이 바뀌듯 행복이 주어지는 것은 아니다. 어떤 특별한 불행은 특별히 더 기억해야만 한다. 그리고 그 불행에 대해 몰랐던 과거가 면죄부가 되지는 않는다는 사실도 임하 씨는 잊지 않는다.

"보일 수 있는 관심과 주의를 기울이지 않아서 누군가의 불행을 방조하거나 그 불행을 부추겼다면 그게 바로 태만이야. 그러한 무관심과 부주의는 언제라도 내게 닥칠 수 있는 불행과 눈물에 대해서도 태만하도록 내 주변을 물들일 거야. 그때가 닥치면 나는, 내가 했던 그대로 내게 행동하는 사람들을 보며 너무나 외롭고 힘들고 슬퍼할 테지. 아주 간단한 믿음. 슬픔은 나누면 반이 되고, 기쁨은 나누면 배가 된다는 말. 그건 바로 상생의 기본일 테니까."

베트남 여행을 계획한 임하 씨. 이번 여행에서 임하 씨는 자신이 어떤 나라를 가는지, 또한 그 나라와 우리나라의 역사에서 기억해야 할 것은 무엇인지 아주 잘 알고 있다고 생각했다. 때문에 관광 목적인데도 불구하고 매우 숙연해졌다.

(2018. 2. 14.)

책을 펴내며

꼬박 일 년이 걸렸다.

그렇게까지 시간이 간 줄 몰랐는데.

첫 책『가면의 꿈』에 대한 가장 흔한 독자의 반응은 대중성이 부족하다는 것이었다.

그래서 좀 재미있게 써보려고 궁리를 많이 했다.

그런데도 전편을 다 읽어보니 성공했다는 생각은 들지 않는다.

하지만 과정이다. 글을 쓸 때마다, 저번 글보다는 이번 글이 조금 낫겠지, 하는 바람이 이어지는 과정. 그렇게 글쓰기를 관둘 때까지 쭉 과정일 것이다.

『삐딱한 임하 씨의 삐딱한 일상』을 내도록 도와준 수필 스터디 '아수라'에게 감사드린다. 그들의 도움으로 이 책이 나오게 되었다.

나의 큰 스승님 임헌영 교수님께 감사드린다. 그리고 작은 스승님 노정숙 선생님께도 감사드린다. 수필을 처음 쓴 그때부터 지금껏 항상 두 스승님의 응원과 지지가 내게 큰 힘이 되었음을 고백한다.

그리고 사랑하는 나의 가족과 소중한 벗들에게, 이번에도 이 말만 전한다.

그 이후로도 지금까지 나를 참아주고 내 곁을 지켜줘서 고맙다고.

2018년 2월 19일

임하 쓰다

임하 콩트에세이

삐딱한 임하 씨의 삐딱한 일상

지은이_ 임하
펴낸이_ 조현석
펴낸곳_ 북인
디자인_ 푸른영토

1판 1쇄_ 2018년 04월 20일

출판등록번호_ 313 - 2004 - 000111
주소_ 121 - 842 서울 마포구 서교동 467 - 4, 301호
전화_ 02 - 323 - 7767
팩스_ 02 - 323 - 7845

ISBN 979-11-87413-26-4 03810
© 임하 2018

책값은 뒤표지에 있습니다.
저자와 협의 아래 인지를 생략합니다.

이 책의 글과 그림에 관한 저작권은 저자와 출판사에 있습니다.
저자 허락과 출판사 동의 없이 무단 전제 및 복제를 금합니다.